# Demian Darking

## Die Hexe von Disturbia

AF221511

# Demian Darking

Die Hexe von Disturbia

Von J. F. Martin

Bibliografische Information der Deutschen Nationalbibliothek: Die Deutsche Nationalbibliothek verzeichnet diese Publikation in der Deutschen Nationalbibliografie; detaillierte bibliografische Daten sind im Internet über dnb.dnb.de abrufbar.

Texte: © 2018 J. F. Martin
Umschlaggestaltung: © 2018 sabonetta

Herstellung und Verlag:
BoD – Books on Demand
ISBN: 978-3-7528-6146-4

# Inhalt

## Die geheime Seite

Es war weit nach Mitternacht, als Demian Darking am Schreibtisch in seinem Kinderzimmer saß und sein Lieblingsbuch las. Nur eine kleine Leselampe spendete ihm etwas Licht. Der Rest des Zimmers und die Spielsachen waren von Dunkelheit umhüllt. Draußen donnerte und regnete es. Demians Eltern schliefen schon seit Stunden und wussten nicht, dass ihr Sohn noch wach war.

Obwohl Demian das Buch schon oft zuvor gelesen hatte, wollte er auch heute Nacht wieder darin schmökern. Er wollte endlich die „geheime Seite" finden, von der er gehört hatte. Die eine Seite, die es in jedem Buch gab und die es dem Lesenden ermöglichte, in die Geschichte zu schlüpfen. Er wollte endlich Helena treffen! Das Mädchen in der Geschichte. Das Mädchen, in das er sich verliebt hatte.

Demian rutschte unruhig auf seinem Stuhl hin und her. Sollte dies wieder eine Nacht ohne Erfolg sein? Er las weitere zehn Seiten, bis seine Unruhe zunächst in Trauer und dann in Ärger umschlug. Verzweifelt warf er das Buch in eine Ecke seines Kinderzimmers. Er ließ den Kopf auf den Tisch sinken und fing leise an zu weinen. Was konnte er tun, um die geheime Seite zu finden? Um seine Liebe endlich zu treffen? War das überhaupt möglich? Gab es die geheime Seite denn überhaupt? Oder hatte er seine Hoffnungen auf einer Lüge aufgebaut?

Es brauchte einige Zeit, bis Demian sich wieder beruhigt hatte. Da plötzlich meinte er in der Stille der Nacht etwas zu hören: Es klang wie ein Flüstern! Er bekam es mit der Angst zu tun. Waren seine Eltern aufgewacht? Wenn ja, dann wären sie sehr verärgert, dass er so spät nachts noch heimlich wach war. Demian hielt den Atem an und lauschte: Kam das Geräusch vom dunklen Korridor vor seiner Spielzimmertür? Oder kam es aus dem Keller? Demian wusste, dass die alten Holzbalken des Hauses manchmal ächzten.

Da war es wieder. Es war ganz nah! War da jemand in seinem Zimmer? Demian blickte in die dunkle Ecke, in die er zuvor das Buch geworfen hatte. Er war nun sicher, dass das Geräusch von dort kam. Erstarrt blieb er auf seinem Stuhl sitzen und versuchte im Schatten etwas zu erkennen. Dunkelheit und Kälte schienen sich von dort auszubreiten, den gesamten Raum einzunehmen und das kleine Leselicht neben ihm zu verdunkeln. Demian war kurz davor, mit einem lauten Schrei seine Eltern zu wecken, als das Geräusch abermals zu hören war.

Dieses Mal war es besser zu hören. Es war eine Stimme, die gar nicht so gefährlich klang. Stattdessen erschien sie Demian vertraut. Ja, es klang wie das Kichern eines Mädchens, das er kannte.

Das Kichern verstummte. Stille breitete sich aus. Da war es wieder! Der Gedanke traf Demian wie ein Blitz: Es musste die Stimme von Helena sein! Dem

Mädchen aus seinem Buch! Er musste die geheime Seite endlich gefunden haben! Demian sprang von seinem Stuhl und rannte durchs Zimmer. Er wollte zu seinem Buch. Er wollte zu Helena. Jetzt!

Seltsamerweise schien sich mit jedem Schritt die Spielzimmerecke weiter von ihm zu entfernen. Sie wurde tiefer und tiefer, dunkler und dunkler, wie eine schwarze Höhle, in die er eindrang. Doch auch als er bereits nichts mehr sehen konnte, rannte Demian weiter. Mit jedem Schritt fühlte er Helena näher kommen. Er musste jeden Augenblick bei ihr sein.

Der sanften Stimme seiner Liebe folgend, rannte Demian nun schon einige Zeit durch komplette Dunkelheit. Angst begann sich wieder in ihm breitzumachen. Doch da! Endlich! In der Ferne konnte Demian ein kleines Licht sehen. Helenas Stimme kam von dort! Demian rannte weiter. Jetzt in die Richtung des Lichtes.

Von Weitem konnte er das aufgeschlagene Buch auf dem Boden erkennen. Das Licht schien aus den aufgeschlagenen Seiten zu strahlen. Demian beschleunigte noch einmal. Je näher er kam, desto mehr schien sich das Buch zu vergrößern. Oder schrumpfte er? Auch das Licht, das aus den Seiten in den dunklen Himmel schien, nahm an Intensität zu. Demians Füße schienen nun von alleine zu laufen. Schneller und schneller. Er fühlte, wie das Buch ihn zu sich heranzog: Auch wenn er gewollt hätte, er konnte nicht mehr anhalten. Noch ein paar Schritte!

Das geöffnete Buch! Die leuchtenden Buchseiten erschienen ihm nun wie ein strahlendes Tor. Demian konnte noch einmal Helenas Stimme hören: „Spring, Demian! Spring!" Er tat es und verschwand im grellen Licht. Das Buch klappte zu.

Draußen war es immer noch Nacht. Die kleine Leselampe in Demians Kinderzimmer war erloschen. Der Mond trat hinter einer Wolke hervor und schien durchs Fenster. Demian war verschwunden. Nur das Buch lag zugeklappt auf dem Boden. Das Mondlicht fiel auf den Titel, der sich seltsamerweise geändert zu haben schien. Auf dem Buch stand nun in großen Buchstaben geschrieben:

„Demian Darking – Die Hexe von Disturbia".

## Der Feuertraum

Glühende Kohle und orangerot lodernde Flammen in tiefer Nacht. Erstarrt blickte Demian in das Feuer und beobachtete seinen Tanz. Die Flammen schienen zu wetteifern, welche von ihnen am höchsten hinauf in die Dunkelheit springen konnte. Das Feuer schien gut genährt mit Holz und Kohle aus der Umgebung. Einzelne Flammen endeten in fantastischen Pirouetten weit über dem Boden. Kleine Funken stiegen in den Nachthimmel hinauf. Elegant und kraftvoll war dieser Feuertanz, ein Meisterwerk. Kein Ballettensemble auf der Welt könnte diesen Flammen das Wasser reichen, dachte Demian.

Auch wenn das Schauspiel ihn sehr faszinierte, ging es Demian gar nicht gut. Schwefelgeruch brannte ihm in der Nase und in der Lunge. Schweißperlen bedeckten seine Stirn, und die verschwitzte Kleidung klebte an seinem Körper. Ihm war heiß. Sehr heiß. Demian wollte sich entfernen, doch schien die Quelle seines Leidens nicht das Feuer vor ihm zu sein. Es brannte in ihm! Seine Eingeweide schienen zu glühen, seine Brust in Flammen zu stehen. Ein Feuer verbrannte ihn innerlich, und die giftigen Dämpfe und der Geruch seines verbrannten Fleisches stiegen seine Lunge empor. Rauch schien ihm aus Mund und Nasenlöchern zu steigen. Ungläubig schüttelte Demian den Kopf: War es möglich, dass es in ihm brannte? Wenn ja, dann müsste er doch längst tot sein!

Demian brach zusammen und krümmte sich vor Schmerzen auf dem Boden. Er konnte kaum aufblicken, doch meinte er etwas zu hören. Etwas, was das mächtige, knackende, lodernde Feuer vor ihm überschallte. Stimmen waren zu hören! Rhythmische Laute. Eine Art okkulter Sprechgesang in einer unverständlichen Sprache. Trotz der brennenden Schmerzen in seinem Inneren konnte Demian für einen Moment den Kopf vom Boden heben und um sich blicken. Vom Feuer geblendet, musste er die Augen zusammenkneifen, um etwas zu erkennen. Dunkle Gestalten schienen um ihn und um das Feuer herumzutanzen. Waren das Indianer? Sie bewegten sich im Schatten der Nacht, nicht nahe genug am Feuer, um sie besser zu erkennen.

Erneut flammte das Feuer in ihm auf, noch stärker als zuvor. Demian presste die schmerzverzerrte Stirn in den Boden. Das Feuer vor ihm flammte ebenfalls auf. Es knackte und loderte. Die Flammen schienen ein Fest zu feiern! Der unverständliche okkulte Sprechgesang der dunklen Wesen wurde lauter und lauter, nun begleitet von Trommeln und dem Stampfen von Füßen auf den Erdboden. Es wurde so laut, dass Demian sich die Ohren zuhalten wollte. Doch die brennenden Schmerzen zwangen ihn, sich stattdessen den Bauch zu halten. Der Lärm um ihn herum stieg ins Unerträgliche, Demian krümmte sich neben dem Feuer vor Schmerzen auf dem

Boden, das Brennen stieg unerbittlich in ihm empor. Aus seinen glühenden Eingeweiden heraus. Bald spürte er das Glühen im Brustkorb, dann im Hals, dann im Mund. Er fühlte, wie seine Zunge, sein Fleisch schmorten. Stechender Rauch stieg ihm aus der Nase und in die Augen. Der Gesang der Wesen, die um Demian tanzten, war nun das Gebrüll einer Horde.

Demian spuckte vor sich auf den sandigen Boden. Seine Spucke war voll Kohle und schwarzem Ruß. Doch was war das? Ein kleiner orangerot glühender Stein lag vor ihm auf dem dunklen Sandboden. Hatte Demian den tatsächlich soeben ausgespuckt? Auf jeden Fall hatten sich seine Schmerzen in Luft aufgelöst, und Demian verstand plötzlich die Rufe der Meute um ihn. Die dunklen Gestalten, die um ihn herumtanzten, riefen ihm zu: „Demian Darking! Spuck endlich Feuer!"

## Die süße Falle

Demian erwachte im Sturzflug! Unbeholfen versuchte er sich an den weißen Wolken, durch die er hindurchstürzte, festzukrallen. Doch entglitten sie seinen Fingern. Demian durchstieß die letzte Wolke und raste mit atemberaubender Geschwindigkeit auf die nahende Oberfläche zu. Eine große Wiese schien da unten zu sein. Jeden Augenblick würde er dort aufschlagen! Um Hilfe rufend fuchtelte Demian mit Armen und Beinen. Gleich würde ihn der harte Aufprall zerschmettern.

Tatsächlich landete Demian aber ganz weich: Gebettet im hohen, dichten, gelbgrünen Gras blieb er liegen und blickte in den Himmel, von dem er gerade herabgestürzt war. Er rieb sich die Augen, streckte sich und dachte noch einen Moment an den seltsamen Feuertraum, aus dem er soeben erwacht war: Was hatte dieser Traum wohl zu bedeuten?

Dann zog Demian die bezaubernde Umgebung in ihren Bann. Vögel zwitscherten. Ein sanfter Wind strich lange Grashalme über sein Gesicht. Schmetterlinge flogen vorüber. Das Summen von Bienen war zu hören, die an diesem herrlichen Ort wohl besonders fleißig waren. Es musste ein heißer Spätsommernachmittag sein. Die Luft war erwärmt von den letzten goldenen Strahlen der Sonne.

Demian blickte wieder hinauf in den meerblauen Himmel. Nur hier und da waren noch einzelne kleine Wölkchen zu sehen. Licht und Wärme umhüllten ihn. Er schloss die Augen und atmete tief ein. Es war wunderschön hier! So lauschte er weiter den Klängen der Natur. Sein Großvater hatte ihn einst das Zwitschern einiger Vogelarten gelehrt. Demian meinte eine Amsel zu erkennen. Und zwitscherte da nicht auch ein Rotkehlchen?

Da hörte Demian jemanden rufen. Er erinnerte sich wieder, was passiert war: Er hatte die geheime Seite gefunden! Er musste nun in dem Buch sein, das er zuvor gelesen hatte. In der Welt von Helena, dem Mädchen, das er endlich treffen wollte. Demian sprang auf und sah sich um. Er befand sich auf einem großen, hügeligen Feld, mit hohem Gras und bunten Blumen bedeckt und umgeben von Wäldern, durch die der warme Sommerwind rauschte. Auf den Hügeln des Feldes standen hier und da einzelne ältere Bäume.

Neben der Sonne, die die gesamte Umgebung mit ihren goldfarbenen Strahlen einhüllte, gab es noch eine andere Lichtquelle. Auf einem nicht allzu weit entfernten Hügel stand eine menschliche Gestalt, von der ein Strahlen auszugehen schien. Demian lief in die Richtung der Anhöhe. Er hörte die Gestalt rufen: „Demian, komm! Demian, komm zu mir!" Es war die Stimme eines Mädchens! Geblendet vom Licht, konnte Demian aber noch nicht sehen, wer dort auf dem Hügel stand. Mit aller Kraft kämpfte er sich durch das hochgewachsene Gras.

Als er näher kam, konnte Demian endlich erkennen, wer dort auf dem Hügel auf ihn wartete:

Es war Helena! Sie umgab ein helles Licht, ein blendendes Strahlen. Sie schien ein gelbes Sommerkleid zu tragen, das im Wind wehte und ihre Arme und Beine entblößte. Ihre schneeweiße, makellose Haut reflektierte das Sonnenlicht, sodass sie selbst zu strahlen schien. Wie ein Engel! Abermals rief sie erfreut: „Komm, Demian! Komm zu mir!" Demian rief zurück: „Warte, Helena, ich bin gleich da!" Er kämpfte sich weiter durch das dicht bewachsene Feld.

Endlich! Geschafft. Demian war zwar erschöpft, doch hatte er die Anhöhe erreicht, diese kleine Insel in der Mitte des Feldes. Und da stand auch Helena! Auf der Spitze des Hügels und nur noch wenige Schritte von ihm entfernt. Ihre langen, kastanienfarbenen Haare wehten im Sommerwind. Sie war wunderschön. Schlank und groß. Ihr Gesicht war zart und makellos, das eines jungen Mädchens, das zur Frau heranreifte. So erfrischend und voll Leben!

Helena strahlte vor Freude, als ihre liebevollen Augen Demian erblickten: „Du hast es geschafft, Demian! Ich freue mich so sehr, dich zu sehen!" Auch Demian war vor Freude überwältigt. Er rannte die letzten Meter der Anhöhe hinauf und in Helenas weit geöffnete Arme. Die umschlossen ihn fest, und auch Demian drückte Helena fest an sich vor Freude. Er küsste ihre Wangen, er küsste sie auf den Mund: Sein erster Kuss! Es war wie ein Traum.

Doch ging das nicht alles etwas zu schnell? Helena war ein junges Mädchen und konnte Demian gar nicht kennen. Selbst wenn sie ihn wahrgenommen hatte, als er über sie in seinem Buch las. Selbst wenn sie sich auch bereits in ihn verliebt hatte – würde sie sich von ihm beim ersten Treffen gleich auf den Mund küssen lassen? Demian überkamen zunächst Zweifel, dann ein merkwürdiges Gefühl.

Helena wurde regungslos. Seine Gefühle wurden nicht weiter erwidert. Demian wollte sich aus der Umarmung lösen. Er wollte den Kuss beenden, um Helena zu fragen, ob es ihr gut gehe. Doch es war ihm nicht möglich. Er schien an Helenas Lippen festzukleben, und sie schien ihn trotz ihrer Leblosigkeit nicht mehr aus der Umarmung loszulassen. Demian wurde bewusst, dass hier etwas ganz und gar nicht stimmte: Das war nicht Helena! Das war etwas Klebriges, eine Art Puppe, die ihn festhielt und nicht mehr losließ. Demian versuchte mit Gewalt, sein Gesicht von diesem Etwas zu lösen, seinen Mund zu befreien, um nach Hilfe zu rufen. Doch hatte dieses Ding bereits seinen Mund verklebt und zog ihn zurück an sich. Dabei sonderte es eine übel riechende, klebrige Masse ab, während es Demian immer fester umklammerte. Ein Loslösen, ein Entkommen war ihm trotz aller Anstrengungen nicht mehr möglich.

Dann hörte Demian eine Stimme, die ihm das Blut in den Adern gefrieren ließ, gehässig und schadenfroh: „Ist es klebrig? Ist es klebrig, mein Junge?" Dann war es kurz still. Demian versuchte erneut, mit aller Kraft seinen Mund zu lösen und um Hilfe zu rufen. Doch seine Rufe wurden durch die ätzende, stinkende Masse, die seinen Mund verklebte, erstickt. Da hörte er die Stimme erneut: „Gefällt dir meine süße Falle? Habe ich einen wirksamen Köder gewählt?" Demian brüllte in die klebrige Masse, die nun fast sein ganzes Gesicht bedeckte. Er verdrehte die Augen, um sich umzusehen: Wer hatte ihm diese Falle gestellt? Doch konnte er niemanden sehen. Die Stimme schien von oben zu kommen. Als blickte ein großes, böses, übermächtiges Wesen auf ihn herab. Demian wurde es schwindlig. Die klebrige Flüssigkeit schien eine betäubende Wirkung zu haben.

Ein ohrenbetäubendes Donnern war zu hören, während die Umgebung um Demian herum in Scherben zerbrach: Die traumhafte Sommerkulisse wich der Dunkelheit. Es wurde heiß und stickig. Mit Mühe konnte Demian erkennen, dass er in der Finsternis an einem langen, dicken, mit klebrigem Harz überzogenen Seil klebte: wie eine Fliege an einem Fliegenfänger. Erneut hallte diese abscheuliche Stimme von oben herab, doch konnte Demian ihren Worten nicht mehr folgen. Tränen flossen über sein Gesicht und vermischten sich mit der klebrigen Flüssigkeit. Demian verlor das Bewusstsein.

## Demian Darking

Im letzten Jahr hatte Demian Darking seinen zehnten Geburtstag gefeiert. Er zählte zu den großen Jungen in seiner Schulklasse. Sein Kopf reichte schon bis zur Brust seiner hochgewachsenen Mutter. Aus dem Grund stand er bei Klassenfotos meist in einer der letzten Reihen. Obwohl schlank und gut aussehend, war Demian mit seinen etwas längeren, dunklen Haaren, die ihm stets ins Gesicht fielen, seiner bleichen Haut und seinem Desinteresse am Sport nicht besonders beliebt in der Schule. Auch dass er dunkle Kleidung bevorzugte und eher ruhig und verträumt schien, war da wenig hilfreich. Bis auf ein paar Freundschaften außerhalb seiner Schule war Demian ein Außenseiter.

Doch wie ihn andere Mitschüler wahrnahmen, welche Rolle sie ihm zuwiesen, das hatte Demian nie interessiert. Eher ablehnend war seine Haltung, wenn jemand sich bemühte, ihn besser kennenzulernen oder ihn in die Schulgeschehnisse miteinzubeziehen. Er hatte für seine Bedürfnisse genug und auch die richtigen Freunde. Dem für seinen Geschmack affenhaften Verhalten seiner Mitschüler konnte er nichts abgewinnen. Wer genau hinschaute, dem wurde sehr deutlich, wie Demian sich von den meisten Gleichaltrigen unterschied: Er verhielt sich meist vernünftiger und erwachsener als seine Mitschüler, was ihm zumindest bei einzelnen Lehrern Pluspunkte brachte.

Demians Verhalten hatte einen tragischen Hintergrund: Er war ungewollt als Einzelkind aufgewachsen. Seine Zwillingsschwester war nach der Geburt noch im Krankenhaus gestorben, und die aufgetretenen Komplikationen hätten beinahe auch seine Mutter mit in den Tod gerissen. Dieses Erlebnis hatten Demians Eltern nie richtig verarbeitet. Stattdessen flüchteten sie sich immer mehr in ihre Arbeit und andere Beschäftigungen. Trotz ihrer Liebe zu ihrem einzigen Sohn hatten sie in den letzten Jahren immer weniger Zeit für ihn. So musste Demian frühzeitig selbstständig werden.

Trotz seines teils erwachsenen Auftretens war doch häufig zu erkennen, wie sehr Demian eigentlich noch ein Kind war: Wenn er tagsüber seinen Fantasien nachhing. Wenn er ein Märchenbuch nach dem anderen verschlang. Wenn er seinen Eltern, bei einem der seltenen gemeinsamen Frühstücke, von den Wesen aus den Geschichten vorschwärmte. Wenn er von Helena sprach. Dem Mädchen aus einem Buch. Seiner großen Liebe, die er bald treffen wollte.

Seine Eltern waren zu sehr mit sich und ihren eigenen Problemen beschäftigt. So fiel ihnen nicht auf, dass sich Demians Verhalten in den letzten Wochen geändert hatte. Dass er ständig von Helena sprach. Dass er Nacht für Nacht wach blieb, um zu lesen. Und dass er die Schule schwänzte, um stattdessen in der örtlichen Bibliothek nach Informationen über eine „geheime Seite" zu suchen.

Tatsächlich hätten seine Eltern, so sie mehr Zeit für ihn gehabt hätten, ihn vor der Situation bewahren können, in der er sich nun befand. Doch nun war es zu spät. Die Falle war zugeschnappt, und Demian war nun ein Gefangener von Lucine: der Hexe von Disturbia!

## Die Gruft

Demian erwachte auf dem steinernen Boden eines dunklen Verlieses. Es war kalt. Die Luft, die er ausatmete, schien zu gefrieren. Um sich warm zu halten, hatte er sich im Schlaf zusammengerollt; Kinn, Arme und Beine waren fest an seinen Oberkörper herangezogen. Es war nass in diesem Verlies. Man konnte hören, wie Wasser von der Decke auf den steinernen Boden tropfte. Demian spürte seinen Kopf auf feuchtem Moos gebettet. Auch seine Kleider waren nass, sie hatten sich mit dem Wasser des feuchten Bodens vollgesaugt. Demian hatte Gänsehaut. Er zitterte und fror.

Vorsichtig ließ er seinen Blick umhergleiten. In der Dunkelheit war jedoch kaum etwas zu erkennen. Nur ein kleines, flackerndes, blaues Licht an der Decke des Gewölbes spendete etwas Helligkeit, sodass Demian erahnen konnte, wo die Mauern der Gruft waren. Am anderen Ende des Verlieses führte eine steinerne Treppe nach oben. Dort waren die Umrisse einer bogenförmigen Holztür zu erkennen. Sie hatte ein Guckloch, durch das ebenfalls ein schwaches, flackerndes, blaues Licht in das Verlies drang. Ein Ausgang!

Demian wollte aufstehen und zu der großen Holztür eilen. Doch dieses Gift, das ihn zuvor hatte ohnmächtig werden lassen, wirkte noch. Sein ganzer Körper schmerzte, und ihm war schwindelig. Demian erinnerte sich wieder an die Falle. An die

Puppe, die zunächst wie Helena aussah, dann aber deren Gestalt verlor. Dieses Ding, das ihn festhielt und mit einer Flüssigkeit betäubte. Demian musste husten: Seit diesem Feuertraum brannte seine Lunge, und er hatte ständig den Geschmack von Ruß und Kohle im Mund.

Das blaue Licht flackerte kurz auf, und Demian konnte erkennen, dass die große Holztür keinen Griff besaß. Zumindest von seiner Seite aus konnte sie nicht geöffnet werden. Auch war zu erkennen, dass es sich um eine schwere, mit Eisen beschlagene Holztür handelte. Demian war ein Gefangener! Jemand hatte ihn hier eingesperrt, und es gab keine Möglichkeit, aus dieser Gruft zu entfliehen. Demian schluchzte. Er wollte nach Hause. Zu seinen Eltern. Zurück in sein gemütliches Kinderzimmer.

In der Ferne waren die Schreie eines Jungen zu hören: „Hilfe! Lass mich los! Hilfe!" Demian zuckte zusammen: Wo war er hier bloß gelandet? Würde man ihn als Nächstes holen? Warum war er hier gefangen? Den Rufen des Jungen nach zu urteilen erwartete ihn nichts Gutes. Demian blickte wieder zu der Holztür. Gab es nicht doch eine Möglichkeit, von hier zu entfliehen?

In dem Moment spürte Demian etwas hinter sich emporsteigen. Ein großer, schwarzer Schatten hatte sich hinter ihm in dem kalten Gewölbe aufgerichtet und blickte auf ihn herab, als hätte er seine Gedanken gelesen. Demian presste die Augen zusammen. Er hoffte, das war alles nur ein böser Traum, aus dem er sogleich erwachen würde.

Da wurde es laut in den Gängen vor Demians Verlies. Und so schnell, wie der Schatten in der Gruft erschienen war, so schnell verschwand er auch wieder. Erfreutes Kindergeschrei war zu hören: „Kommt schnell! Alle raus hier! Wir fliehen!" Demian raffte sich auf. Die Rufe kamen näher, und es war zu hören, wie Türen aufgerissen wurden. Demian sprang die Stufen hinauf zu der großen Holztür und rief, so laut er konnte: „Hier! Helft mir! Holt mich hier raus!" Die Tür schlug auf. Demian konnte es nicht glauben: Abermals stand Helena vor ihm! Dieses Mal sah sie aber anders aus: echter, frischer, lebendiger. Das musste die wahre Helena sein! Sie sprach: „Komm schnell! Raus hier!"

## Die Flucht

Demian folgte Helena und den anderen Kindern. Sie rannten durch schmale, steinerne unterirdische Gänge. Mal ging es links-, dann wieder rechtsherum. Mal gabelte sich der Weg, dann führten wieder mehrere Gänge zu einem größeren zusammen: Dort stießen meist weitere Kinder der flüchtenden Meute hinzu. Bald waren es gut zwei Dutzend.

Demian ging es besser: Er fühlte sich kräftig, und das Brennen in seinem Körper hatte nachgelassen. Es musste die Hoffnung auf eine schnelle Heimkehr sein, die ihm die Kraft verlieh. Er wollte aus dieser Gruft fliehen und dem Wesen, das sie hier gefangen hielt, entkommen, koste es, was es wolle.

Demian folgte Helena und den anderen Kindern weiter, Gang um Gang, Ecke um Ecke, Treppe um Treppe. Es erschien ihm, als irrten sie durch ein unendlich großes Labyrinth. Ab und zu passierten sie große, steinerne Gewölbe, in denen seltsame Gerätschaften herumstanden. Es blieb aber keine Zeit, genauer hinzusehen. Helena lief weit voraus. Doch konnte Demian immer wieder ihre ermutigende Stimme hören: „Wir sind unter der Erde! Lauft immer nach oben!"

Die steinernen Gänge waren feucht, rutschig und kaum beleuchtet. Hier und da stürzte jemand zu Boden. Die meisten rafften sich aber schnell wieder auf und liefen weiter. Niemand wollte den Anschluss an die Gruppe verlieren und alleine in diesen Höhlen zurückbleiben. Außer Atem rief Demian einem anderen Jungen zu: „Wo sind wir hier?" Der andere Junge antwortete: „Lucine! Alle nennen sie die Hexe von Disturbia! Sie hat uns gefangen! Wir sind hier in ihrer Welt! In ihrem Verlies! Wir müssen schnell von hier fliehen, bevor sie zurückkommt!" Dann rannte er weiter.

In der Enge eines Ganges mussten die Kinder über einen Felsbrocken und ein dahinterliegendes Ungetüm steigen. Die Stimme eines Jungen war zu hören: „Das ist der Wächter dieser Gruft, ein Diener von Lucine! Ein Fels ist herabgestürzt und hat ihn erschlagen! So konnte ich entkommen und euch befreien!"

Aufgrund der Dunkelheit konnte Demian nichts sehen, als er selbst über das Wesen hinwegkletterte. Was er dabei aber mit seinen Händen fühlte, ließ ihn vor Angst erschaudern: Das Wesen fühlte sich an wie ein großes Tier. Die kalte und glitschige Haut ließ Demian immer wieder abrutschen. Er merkte, wie sich der Körper der Bestie auf und ab bewegte. Sie atmete noch! Auch konnte er ein dumpfes Knurren vernehmen. Das Wesen war nur bewusstlos und konnte jeden Augenblick erwachen!

Die Kinder kletterten, so schnell sie konnten, über das schlafende Monstrum hinweg und rannten weiter. So schnell sie ihre Beine trugen. Sie stürzten noch einige Minuten durch dunkle Gänge und steile Treppenaufstiege hinauf, bis endlich, am Ende eines langen Ganges, Licht zu sehen war. Demian hörte wieder einen Jungen rufen: „Kommt! Wir sind gleich draußen!" Die Kinder stürzten auf das Ende des Tunnels zu. Geschafft!

Sie betraten ein großes, hell erleuchtetes Gewölbe. Dutzende Gerätschaften und Maschinen standen hier herum. Riesige Projektoren und vergilbte Leinwände waren an den steinernen Mauern angebracht. Jede Menge Kabel führten von den im Raum herumstehenden Maschinen zu den großen Projektoren.

In der Mitte des Raumes hing ein langes Seil herab. An dessen Ende war eine Puppe befestigt. Mit ihren ausgestreckten Armen erinnerte sie Demian an die gruseligen Vogelscheuchen, die früher auf den Feldern der Bauern standen. Fragend blickte Demian in die Höhe: War das die Falle, mit der ihn die Hexe überlistet hatte? Hatte er etwa noch vor wenigen Stunden da oben gehangen? In den Armen dieser hässlichen Vogelscheuche? So sehr sich Demian bemühte, er konnte sich nicht mehr erinnern. Das betäubende Gift hatte seine Erinnerungen vernebelt!

Helena trat neben Demian und blickte ebenfalls zu der am Seil herabhängenden Puppe. Dann sprach sie: „Dieser Raum und all diese Geräte dienten dazu, euch hierherzulocken! Das alles ist eine große Falle!" Demian schossen tausend Fragen durch den Kopf. Er wollte etwas sagen, doch war Helena bereits wieder abgelenkt. Die anderen Kinder hatten sich im Gewölbe verteilt und machten sich an den Knöpfen und Schaltern der Maschinen zu schaffen.

Helena sprach: „O nein! Sie versuchen den Weltenverbinder zu starten! Sie wollen durch das Portal flüchten! Ich muss sie warnen!" Sie wandte sich von Demian ab und rief den anderen Kindern, die immer noch verzweifelt an den Knöpfen der Maschinen herumdrückten, zu: „Hört auf! Das ist gefährlich! Es bringt auch nichts, von hier zu fliehen! Die Hexe wird uns finden und uns alle zurückholen! Wir müssen hierbleiben und sie vernichten! Das ist die einzige Lösung …"

Sie konnte nicht weitersprechen. Ein dumpfer, lauter Knall hallte durch den Raum. Demian hatte den Eindruck, als verböge sich der gesamte Raum für einen Moment, um dann aber wieder seine ursprüngliche Form anzunehmen. Demian konnte Helena flüstern hören: „Sie haben es geschafft!" Dann schrie sie: „Duckt euch!", und riss Demian zu Boden. Helena musste schon einmal gesehen haben, was passierte, wenn der Weltenverbinder aktiviert wurde. Die Projektoren an den steinernen Wänden erwachten zum Leben und zeichneten ein großes, leuchtendes Tor in die Mitte des Gewölbes. Demian war begeistert und wollte aufstehen, doch Helena zog ihn sogleich wieder zurück. „Bleib unten!" Das Tor wurde aufgestoßen. Eine Druckwelle fegte über ihre Köpfe hinweg durch den Raum, der sich durch die Wucht für einen Moment abermals zu verbiegen schien. Einige Kinder wurden durch die Luft geschleudert.

Die Druckwelle ließ nach, und ein sanfter Wind wehte ihnen durch das geöffnete Tor entgegen. Alle rafften sich wieder auf und blickten in das große, weit geöffnete Tor, das nun noch heller leuchtete. Man konnte nicht erkennen, wo es hinführte. Im Inneren war nur weißes, strahlendes Licht zu sehen. Demian erinnerte sich wieder: Es war das gleiche strahlende Licht, das er gesehen hatte, als er durch die geheime Seite hierhergekommen war. Ja, er musste durch dieses Tor gekommen sein! Bestimmt konnten sie auch alle in ihr Zuhause zurückkehren. Wie die anderen Kinder strahlte nun auch Demian vor Freude.

Nur Helena blickte besorgt in das Licht. Dann sprach sie zu Demian: „Ja. Durch das Tor können wir alle nach Hause gelangen. Wenn die Hexe nicht vernichtet wird, sind wir in unserem Zuhause aber nicht mehr sicher. Sie wird wütend sein, dass wir geflohen sind. Sie wird uns alle, einen nach dem anderen, zurückholen!" Helena erhob nun die Stimme und sprach zu den anderen Kindern, die immer noch gebannt in das weiße Licht starrten: „Ihr könnt durch das Tor flüchten und zu euren Eltern zurückkehren. Doch solange die Hexe weiterlebt, werdet ihr euch vor ihr verstecken müssen! Sie wird jeden Einzelnen von euch zurückholen wollen! Alleine seid ihr ihren dunklen Kräften unterlegen! Wenn wir aber jetzt hierbleiben und gemeinsam gegen die Hexe kämpfen, dann können wir sie besiegen! Flieht und versteckt euch gut oder bleibt hier und folgt mir zum Hexenhaus! Nur in ihrem eigenen Haus ist Lucine, die Hexe von Disturbia, verwundbar! Nur dort können wir gegen sie kämpfen und sie vernichten! Wir werden ..."

Helenas Ansprache wurde von einem schrecklichen Gebrüll unterbrochen. Es kam aus der dunklen Höhle, aus der sie geflüchtet waren. Der Wächter der Gruft, der Diener der Hexe, musste erwacht sein! Panik und Geschrei waren die Folge. Sogleich stürzten sich die ersten Kinder in das weiße Licht des Tores. Denen, die noch zögerten, rief Helena abermals zu: „Schnell! Entscheidet euch! Flieht durch das Tor, oder kommt mit mir! Wir müssen diesen Ort so schnell wie möglich zerstören!" Weitere Kinder sprangen ins Licht. Demian selbst war hin- und hergerissen: Sollte er fliehen? Er erinnerte sich daran, wie die Hexe ihn in die Falle gelockt hatte. Ihn mit ihren dunklen Kräften ausgetrickst hatte. Sollte sie ihn tatsächlich wieder aufsuchen, dann wäre er ihr mit Sicherheit unterlegen! Demian entschied sich zu bleiben und stellte sich neben Helena. Drei weitere Kinder folgten ihm zögerlich, die restlichen ergriffen die Flucht durch das Tor.

Wieder war das Gebrüll des Monstrums zu hören. Jetzt bereits viel näher als noch zuvor! Der Wächter schien durch die Höhle hindurch zu ihnen zu eilen. Helena sprach zu Demian und den drei anderen Kindern: „Jetzt aber schnell! Geht dort rüber an das Pult und dreht alle Regler in den roten Bereich. Das wird die Anlage überfordern, sie wird explodieren und diesen schrecklichen Ort zerstören." Demian, Helena und die drei anderen Kinder stürzten sich auf das große Pult und rissen die Drehregler auf Maximalleistung. Die Maschinen um sie herum wurden immer lauter, das grelle Licht, das dem Tor entsprang, immer heller. Man konnte kaum noch hineinblicken.

Die Maschinen um sie herum tobten. Das Gewölbe bebte. Hier und da schoss eine Dichtung aus einem Ventil. Vereinzelt stürzten Felsbrocken herab. Es wurde extrem heiß, und das Licht, das den Projektoren und dem Tor entsprang, war nun so stark, dass die Kinder ihre Augen zusammenkneifen und mit den Händen schützen mussten. Das schreckliche Gebrüll kam immer näher. Die Bestie musste jeden Augenblick das Gewölbe erreichen. Da rief Helena: „Das reicht! Wir müssen jetzt raus hier! Die Maschine wird jeden Augenblick explodieren! Folgt mir!"

Die fünf Kinder rannten an den großen Maschinen vorbei durch das Gewölbe. Als sie einen großen Tisch passierten, schnappten sie sich ein paar darauf ausgebreitete Rucksäcke und Kleidung, in der Hoffnung, beides könnte ihnen noch von Nutzen sein. Abermals stürzten große Felsen neben ihnen herab. Das Gebäude würde gleich einstürzen! Helena sprang auf eine große Holztür zu und versuchte sie aufzustoßen. Doch die Türe war zu groß und zu schwer. Sie schien nicht für Kinder, nicht für Menschen gemacht, sondern für größere, stärkere Wesen. Demian und die drei anderen Kinder halfen Helena, indem sie sich gemeinsam gegen die Tür stemmten. Endlich gab sie nach, und die Kinder stürzten im Freien zu Boden.

Es war Nacht. Doch die frische, kalte Luft war eine Wohltat. Erst jetzt merkten die Kinder, welchem Gestank sie zuvor in der Höhle und in dem Gewölbe ausgesetzt waren. Hinter sich hörten sie die Bestie aufbrüllen. Sie hatte das Gewölbe erreicht und die Kinder im Freien bereits ausgemacht. „Lauft!", schrie Helena. Die Kinder rafften sich auf und rannten, so schnell sie ihre Beine trugen, in Richtung des angrenzenden Waldes. Noch einmal konnten sie das Gebrüll des abscheulichen Wesens hören. Daraufhin folgte ein Knall, und das steinerne Gebäude hinter ihnen explodierte in einem riesigen Feuerball. Die Druckwelle war so stark, dass die Kinder abermals zu Boden gerissen wurden. Um sie herum stürzten Einzelteile des zerstörten Gebäudes vom Himmel herab. Das Gebrüll war verstummt, die Bestie musste unter den Trümmern der Gruft begraben sein.

Die Kinder rafften sich wieder auf, und Helena sprach: „Lasst uns noch etwas weitergehen und uns erst später ausruhen. Ich fürchte, hier werden demnächst einige finstere Gestalten auftauchen. Sie werden schauen, was passiert ist. Die Explosion war weit zu hören. Bestimmt weiß auch die Hexe bereits Bescheid und hat einen ihrer Jäger entsandt." Die fünf Kinder verschwanden im angrenzenden Wald und ließen das zerstörte Verlies, das noch in Flammen stand, hinter sich.

# Die Gefährten

Die fünf Kinder waren tief in den dichten Wald geflohen. Erst nachdem sie mehrere Stunden gelaufen waren, ließen sie sich erschöpft nieder. Zu groß war ihre Angst, wieder eingefangen zu werden. Denn auch wenn die Gruft, in der sie gefangen gewesen waren, zerstört war, die böse Hexe war leider nicht unter den Trümmern begraben. Vielleicht war sie schon auf der Suche nach ihnen. Oder sie hatte, wie von Helena bereits vermutet, Jäger entsandt, um die Entflohenen wieder einzufangen. Weil es immer noch Nacht war und es in der Tiefe des Waldes immer kälter wurde, hatten sich die Kinder dazu entschlossen, ein kleines Lagerfeuer zu entzünden. Zwei von ihnen hatten ein paar Streichhölzer in den Taschen. Brennbares Holz gab es im Wald genug. Das Feuer sollte sie wärmen, bis der Tag hereinbrach. Dann wollten sie sich zum Hexenhaus aufmachen, um dort die böse Hexe zu besiegen.

Nachdem das kleine Lagerfeuer endlich vor sich hin loderte, kauerten sich die fünf Kinder im Kreis um die Flammen. Neben der Wärme gab ihnen das Feuer auch das Gefühl von etwas Geborgenheit inmitten des dunklen Waldes. Genug Licht hätte den Kindern wohl auch der Mond gespendet, der vor einigen Stunden aufgezogen war. Sein weißes Licht schien zwischen den Bäumen herab bis auf den mit dunkelgrünem Moos bedeckten Waldboden.

Als sich Demian etwas ausgeruht hatte, schossen ihm Tausende Fragen durch den Kopf: Wer waren die anderen Kinder überhaupt? Was war Helenas Plan? Wie sollten sie die Hexe finden und wie sie vernichten? Konnte er Helena überhaupt vertrauen? Als ob die seine Gedanken erahnt hatte, wandte sie sich zu Demian und sprach: „Es tut mir leid, was passiert ist. Die Hexe wusste, dass du mich suchst. Sie hat meine Gestalt benutzt, um dich in ihre Falle zu locken. Unter den Maschinen, die wir zerstört haben, war nicht nur ein wertvoller Weltenverbinder. Die Projektoren konnten auch sehr real wirkende Illusionen erschaffen. Die Hexe hatte mich bereits vor Wochen gefangen und eine Projektion von mir benutzt, um dich in ihre Falle zu locken."

Demian glaubte Helena. Doch konnte er nicht verstehen, warum Lucine, dieses böse Wesen, das alle als „Hexe" bezeichneten, ausgerechnet ihm eine Falle gestellt hatte. So fragte er Helena: „Warum hat die Hexe es auf uns abgesehen? Warum hat sie uns gefangen genommen?" Helena schüttelte den Kopf und sprach: „Das weiß ich leider nicht." Demian fragte weiter: „Was hatte sie mit uns vor?" Helena schüttelte abermals den Kopf: „Das weiß ich auch nicht. Ich weiß nur, dass alle Kinder, die sie aus der Gruft geholt hat, nie zurückgekommen sind!" Für einen Moment starrte Helena mit erschrockenem Blick ins Feuer. Als ob sie sich an etwas Schreckliches erinnerte. Um Fassung ringend sprach sie weiter: „Aber nun genug davon. Wir haben eine weite Reise vor uns. Wir müssen zum Haus der Hexe gelangen. Zur Hexenküche. Es liegt mehrere Tagesmärsche von hier entfernt. Nur dort können wir die Hexe vernichten! Tausend Höllenquallen sollen sie dann heimsuchen!" Helena standen Tränen in den Augen. Für einen weiteren Moment blickte sie verbittert in das flackernde Feuer. Demian mochte sich nicht ausmalen, an welche Geschehnisse sie sich erinnerte.

Helena beruhigte sich wieder. Sie rieb sich die Tränen aus den Augen und wandte sich den anderen Kindern, die dem Gespräch bisher aufmerksam lauschten, zu: „Mein Name ist Helena. Ich bin von hier. Ich bin eine Bewohnerin von Disturbia. Das Dorf, aus dem mich die Hexe entführt hat, liegt hinter den Bergen im Norden. Und das ist Demian Darking. Wer seid ihr?" Tatsächlich hatte Demian bisher kaum Notiz von den drei anderen Kindern genommen. Zu sehr war er mit sich selbst, Helena und mit seinen Gedanken und Ängsten beschäftigt. Im flackernden Feuerlicht konnte er die drei anderen Kinder nun endlich genauer betrachten: Zwei von ihnen, ein Junge und ein Mädchen, lagen sich in den Armen.

Der Junge trug eine Baseballjacke. Seine Haare waren kurz geschnitten. Er war groß und sportlich. Das Mädchen hatte lange, blonde Haare. Auch sie schien für ihr Alter schon recht groß. Sie war sehr schlank und hatte auffallend lange Beine. Sie erinnerte Demian an die Mädchen an seiner Schule, die am Nachmittag noch den Ballettunterricht besuchten und später Schauspielerin oder Model werden wollten. Die zwei sahen sich ähnlich wie Geschwister.

Schließlich fiel Demians Blick auf den kleinen Jungen, der mit ihnen in den Wald geflüchtet war. Er war sehr klein und schmächtig. Er trug einen Beatles-Haarschnitt, oder wie Demians Mutter zu sagen pflegte: eine „Kochtopf–Frisur". Als hätte ihm jemand einen Topf auf den Kopf gesetzt und dann die Haare ringsherum mit einer Schere abgeschnitten. Der kleine Junge saß zitternd am Feuer und wärmte sich. Er war kreidebleich. Demian fragte sich, inwiefern dieser schmächtige Junge ihnen eine Hilfe sein sollte. Auf den ersten Blick sah er mehr wie eine Last aus.

Der sportliche Junge, der neben dem blonden Mädchen saß, richtete sich auf und sprach: „Mein Name ist Jonathan, und das ist meine Schwester Liliana. Wir waren mit unseren Eltern bei Verwandten zum Abendessen eingeladen. Als wir mit dem Auto nach Hause fuhren, war es schon Nacht, und es hat stark geregnet. Plötzlich stand jemand vor uns! Mitten auf der Straße! Mein Vater musste mit dem Auto ausweichen, wir kamen von der Straße ab und stürzten einen Abgrund hinab. Dann sind wir beide in diesem Verlies aufgewacht. Was mit unseren Eltern passiert ist, wissen wir nicht." Liliana begann zu weinen. So setzte sich

Jonathan wieder zu seiner Schwester, umarmte sie und flüsterte ihr tröstende Worte zu.

Helena wandte sich zu dem Jungen mit der Beatles-Frisur: „Und wer bist du?" Er brauchte einen Moment. Dann begann er zu stammeln: „M-M-Mein Name ist Jakob. Ich hatte A-A-A-Angst, durch das grelle Licht zu springen. Deshalb b-b-bin ich noch hier." Demian schüttelte den Kopf. Abermals dachte er, dass dieser Jakob ihnen wohl keine Hilfe sein würde. Auch Jonathan und Liliana blickten besorgt zu dem schmächtigen Jungen, der sich immer noch zitternd ans Feuer kauerte. Doch Helena sprach mit einfühlsamer Stimme zu ihm: „Jakob ist ein schöner Name. Wie bist du hierhergekommen?"

Jakob holte tief Luft und fasste all seinen Mut zusammen. Dann begann er seine Geschichte zu erzählen: „W-W-Wir Kinder haben am Nachmittag im Garten Fußball gespielt. Da ist der Ball über den Zaun geflogen. In den angrenzenden Wald! Unsere Eltern haben uns immer gesagt, dass wir den Schatten des Waldes nicht betreten dürfen. Doch die anderen Kinder haben mich dazu gedrängt, den Ball zurückzuholen. So bin ich alleine über den Zaun geklettert und in den Wald gegangen. Die anderen Kinder sind auf der Wiese zurückgeblieben. Plötzlich begannen sie laut nach mir zu rufen. Sie hatten eine Gestalt zwischen den Bäumen gesehen und wollten mich warnen. Doch da war es schon zu spät. Da stand sie bereits vor mir! Lucine! Diese Hexe! Diese Furie! Sie war dreckig. Von Kopf bis Fuß mit braunem Schlamm bedeckt, als wäre sie soeben aus dem Boden des Waldes gekrochen. Statt Kleidung trug sie nur ein paar Fetzen. Sie hatte langes, schwarzes, struppiges Haar. Auch ihr Gesicht war mit Schlamm verschmiert und voll Narben. Sie hatte schwefelgelbe Augen, und sie lachte gehässig, sodass ich ihre schwarzen, faulen Zähne sehen konnte. Ihre Zunge war gespalten. Wie die Zunge einer Schlange! Dann verdichtete und verdunkelte sich der Wald um mich herum. Ich hörte die anderen Kinder noch rufen. Sie riefen mir zu, ich solle weglaufen. Doch ich war wie erstarrt. Ich kann mich noch daran erinnern, wie die Äste der dunklen Bäume nach mir griffen und ich in ein schwarzes Loch gerissen wurde. Dann bin ich in dem Verlies aufgewacht." Jakob brach in Tränen aus. Die anderen Kinder umarmten ihn und versuchten ihn zu beruhigen.

Ihren Erzählungen zufolge kamen die anderen Kinder also aus Demians Welt. Nur Helena war von hier, nur sie kannte diese Welt namens Disturbia und wusste, welche Wesen und Gefahren sie beherbergte. Die anderen Kinder kamen zu der Erkenntnis, dass sie auf Helena hören und ihr vertrauen mussten, wenn sie wieder heil nach Hause kommen wollten.

## Der böse Wald

Ein Rauschen war zu hören. Gespannt saßen die fünf Kinder um das wärmende Feuer und lauschten. Das Rauschen wurde lauter. Der Wald wurde von Wind durchströmt. Die Blätter der Bäume raschelten, und einzelne Zweige knackten. Der Wind schien wie ein Vorbote für nichts Gutes. Er war eiskalt und ließ die Kinder näher an ihr kleines Lagerfeuer rutschen. Helena blickte besorgt nach oben, wo die Baumwipfel hin und her geweht wurden. Nur noch selten ließen sie einen Blick in den Himmel zu. Der Mond war verschwunden, bedeckt von dichten Wolken.

Um die Stimmung etwas aufzulockern und die Angst zu verdrängen, wollte Demian etwas sagen. Doch gerade als er den Mund öffnete, fegte der eiskalte Wind über die Kinder hinweg und blies das Feuer aus. Es wurde stockdunkel. Die Kinder konnten die Hände vor den Augen nicht mehr sehen. Ihr Atem schien zu gefrieren. Sie hielten sich an den Händen fest, und Helena flüsterte: „Lasst nicht los! Sonst geht jemand verloren!" Demian spürte, wie sich der kleine Jakob rechts neben ihm noch fester an seine Hand klammerte. Wieder war Helenas Flüstern zu hören: „Bewegt euch nicht, und seid ganz leise! Noch sind wir nicht entdeckt worden."

Die Kinder hörten ein Rascheln. Jemand schien um sie herumzuschleichen! Jemand schien ihnen ganz nah, sie aber noch nicht entdeckt zu haben. War das etwa die Hexe? Die Kinder hielten den Atem an. Plötzlich spürte Demian, wie sich etwas um seine Arme und Beine schlängelte. Auch bei Liliana, die seine linke Hand nun noch fester umklammerte, schien etwas nicht zu stimmen. Im selben Moment schrie Jakob neben ihm laut auf, und Helena rief: „Lauft! Lauft, so schnell ihr könnt! Und lasst bloß nicht eure Hände los!"

Demian riss sich von den Schlingen los, die ihn festhielten, und stolperte voran, über Wurzeln und Steine hinweg durch das Dickicht. Die anderen riss er an den Händen hinter sich her. Äste schlugen ihm ins Gesicht, Dornen und Zweige schnitten ihm in die Haut. Es war, als wollte der Wald sie festhalten. Als Gefangene nehmen! Doch seine Furcht schien Demian unerwartet Kräfte zu verleihen, sodass er für sich und seine Freunde weiter einen Weg durch das dunkle Gestrüpp erkämpfte.

Ein Donnerschlag war zu hören, und es begann zu regnen. Der Regen drang durch den Wald hindurch bis zu den fünf Kindern. Ihre Augen hatten sich mittlerweile an die Dunkelheit gewöhnt, und sie konnten besser erkennen, wohin sie liefen. Der Wald wurde weitläufiger. Das Gestrüpp wich großen Bäumen mit dicken Stämmen, die jeweils mehrere Meter auseinanderstanden. Zwar war das Gelände nach wie vor uneben und von großen Wurzeln, Steinen und dunkelgrünem Moos bedeckt. Doch war es nun wesentlich einfacher, schnell vorwärtszukommen. Demian konnte nun rennen und zog die anderen weiter hinter sich her.

Plötzlich trat er ins Leere! Für einen Moment blickte er in ein großes, schwarzes, scheinbar unendlich tiefes Loch hinab. Er hatte es in der Dunkelheit wohl nicht kommen sehen. Beinahe wäre er in die Tiefe gestürzt! Doch konnten ihn seine Gefährten gerade noch festhalten und auf sicheren Untergrund zurückziehen. Vom Schreck und den Anstrengungen erschöpft, blieben die Kinder für einen Augenblick auf dem mit Moos bedeckten, feuchten Waldboden liegen. Doch als der kalte Wind wieder aufzog und der Wald um sie herum sich wieder verdichtete, rafften sie sich auf und rannten weiter.

„Da! Da hinten ist der Wald zu Ende!", hörte Demian Liliana hinter sich rufen. Tatsächlich! Es war zwar noch ein ganzes Stück, doch war in der Ferne der Waldrand zu erkennen. Das Mondlicht schien den Kindern von dort entgegen und wies ihnen den Weg. Demian und seine Freunde rannten noch schneller. Sie spürten, wie der Wald um sie herum auf den letzten Metern noch einmal dichter und dichter wurde. Sie festhalten wollte. Äste, Zweige und Dornenbüsche versuchten sie zu umklammern. Sie hatten es fast geschafft, da schien der Wald sich langsam vor ihnen zu verschließen! Wie ein dunkler Vorhang ließ er immer weniger Mondlicht zu ihnen hindurchdringen. Verzweifelt brüllten die Kinder, während die Dornen und Zweige ihnen ins Fleisch schnitten. Nur noch ein paar Schritte!

Geschafft! Die Kinder stießen durch das dichte Gestrüpp hindurch ins Freie. Mit ihren langen Ästen versuchten die Bäume sie noch einmal zurück ins Dunkle zu reißen. Doch sie konnten sie nicht mehr erreichen. In sicherem Abstand zum Wald ließen die Kinder sich unter einem großen Fels nieder. Er bot ihnen Schutz vor dem Regen und schien ein geeigneter Platz, sich etwas auszuruhen. Um nicht zu frieren, kauerten sich die fünf Kinder aneinander. Dann schliefen sie erschöpft ein.

## Der zweite Feuertraum

Rote Glut, tanzendes Feuer und flüssiges, alles in sich verschlingendes Magma. Demian blickte den Schlund eines Vulkans hinab, in dessen Tiefe ein gewaltiges Feuermeer brodelte und ihm ätzende Rauchwolken entgegenstieß. Die schwefeligen Dämpfe verursachten ein heftiges Brennen in seinem Innersten. Als wüteten dieselbe Kraft, dasselbe Feuer in ihm selbst. Ein Ausbruch schien jeden Augenblick bevorzustehen.

Demian wandte seinen Blick ab: Er befand sich in schwindelerregender Höhe auf einem Koloss aus schwarzen Felsen und verkohltem Geröll, aus dessen Öffnungen Feuer, Rauch und flüssiges Magma quollen. Die Erde unter seinen Füßen bebte. Das Monstrum schien jeden Augenblick auszubrechen. Dann würde das Feuer zu Demian nach oben schießen. Er musste sich retten, aber wohin? So weit sein Blick reichte, bebten weitere Vulkane. Manche spien bereits, unter ohrenbetäubendem Donnern, Feuer und Rauch in den Himmel. Zwischen diesen bebenden Inseln zogen Flüsse aus orangerotem Magma dahin und verschlangen alles, was in ihre Nähe kam, bis sie sich, am Ende des Horizontes, in einem leuchtenden Meer vereinten.

Hier gab es kein Entkommen. Die verkohlte, von Magma umgebene Insel, auf der er sich befand, würde in Kürze mit Feuer aus dem brodelnden Schlund bedeckt. Trotzdem begann Demian sich instinktiv vom Krater zu entfernen und über die kantigen Felsen den Berg hinabzuklettern. Doch da war es wieder! Ein fürchterliches Brennen in seiner Brust, verursacht durch die ätzenden Gase, ließ ihn auf die Knie zusammenbrechen. Demian hustete schwarzen Staub und spuckte aus. Auch seine Spucke war bereits voll Asche. Er krümmte sich zusammen, als könnte er so den brennenden, ätzenden Schmerz in seinen Lungen erdrücken. Unter einem Rumoren bebte die Erde unter ihm stärker. Demian warf einen Hilfe suchenden Blick in den Himmel.

Doch keine Rettung war in Sicht. So weit er sehen konnte, bedeckten dunkle Wolken aus Asche den Horizont. Immer wieder drangen das Licht greller Blitze und das Rumoren von Donnerschlägen zu ihm herab. Kniend ließ Demian seinen Kopf zurück auf den Boden sinken. Es war heiß. Auch in seiner Brust! Wie die verkohlte Landschaft um ihn herum würde auch er bald Feuer fangen, wenn er nicht von hier fortkam. Donnerndes Brodeln war zu hören, und die Erde unter Demian bebte immer stärker. Lärmend spie der Krater hinter ihm erste Felsbrocken in den Himmel. Zwischen den Felsen quollen stoßartig Gase hervor. Um Demian herum quoll flüssiges Magma aus einzelnen Felsspalten.

Dann tat sich vor ihm ein Abgrund auf. Felsen stürzten hinab in einen reißenden Fluss aus Magma. Demian klammerte sich am Boden fest, um nicht mit in die Tiefe gerissen zu werden. Vorsichtig blickte er über die steinerne Klippe den Abgrund hinab in der Hoffnung, noch einen Ausweg zu erspähen. Ein heißer Feuersturm blies Demian aus der Tiefe entgegen, sodass er schützend eine Hand vor sein Gesicht halten und die Augen zusammenkneifen musste.

Doch was war das? Trotz des tobenden Feuersturms, der ihm ins Gesicht blies, konnte Demian etwas erkennen: Eine monströse, feuerrote Gestalt stieg die steilen Felswände empor! Ein Stier oder ein großer Mensch mit Hufen und Hörnern. Das Wesen schien halb Mensch, halb Tier zu sein. Es war riesig, kräftig und trug einen langen, spitzen Speer bei sich! Demian rieb sich die Augen. Sah er das wirklich? Oder spielten ihm seine Sinne einen Streich? Das Wesen war immer noch da! Es schien, als wollte es zu ihm!

Demian musste fliehen. Aber wohin? Er blickte zurück zu dem Krater, von dem er geflohen war. Unter Getöse spuckte der riesige Felsbrocken in den schwarzen, wolkenbedeckten Himmel, dass die Erde bebte. Der Vulkan würde jeden Augenblick ausbrechen! Feuer und Magma würden ein Fest feiern und alles Leben, das dann noch hier war, verschlingen. Es gab keinen Ausweg! Demian kauerte sich auf dem steinernen Boden des Felsvorsprungs zusammen und schloss die Augen. Er betete, er möge keine Schmerzen haben, wenn das Feuer ihn verschlang!

Als Demian eine tiefe Stimme seinen Namen rufen hörte, wurde das Brennen in seinem Inneren noch fürchterlicher. „Demian Darking!" Er öffnete die Augen. Das feuerrote Stierwesen war oben angekommen und stand nun vor ihm auf den Felsen. Mit seinen glühenden Augen blickte es auf Demian herab. Der erhob sich auf die Knie und brüllte dem Wesen durch den tosenden Wind entgegen: „Was willst du?" Stolz erhob das Wesen sein Haupt und richtete seinen langen Speer auf ihn. Dann brüllte es so laut zurück, dass selbst der tobende Wind und das Donnern der Vulkane kaum noch zu hören waren: „ICH BIN TURON, ENTSANDTER DES FEUERS! DEMIAN DARKING, ICH BEFEHLE DIR! SPUCK ENDLICH FEUER!"

Im selben Augenblick schoss ein Feuerstrahl aus der Spitze des Speeres und traf Demian auf die Brust. Er wurde in die Luft, hoch über den Felsen, gerissen. Erstarrt blickte Demian für einen Moment in den schwarzen Himmel. Dann färbten sich seine Augen glühend rot. Er spürte noch einmal das Brennen in seiner Brust. Dann wurde sein Mund aufgerissen, und ein nicht enden wollender Feuerstrahl schoss aus ihm heraus und hinauf in den Himmel! Die schwarzen Wolken erglühten! Und als hätten die übrigen Krater nur auf diesen Moment gewartet, schossen nun auch aus diesen, unter ohrenbetäubendem Donnern, Feuer und flüssiges Magma in den Himmel.

## Die Stadt am Abgrund

Es war früh am Morgen, und die Kinder erwachten unter dem Fels, unter dem sie eingeschlafen waren. Der dunkle Wald, aus dem sie geflüchtet waren, lag nun hinter ihnen wie eine monströse, bedrohliche Kreatur. Unter Ächzen schienen sich die blätterlosen schwarzen Bäume mit ihren Ästen noch immer nach den Kindern zu strecken und nach ihnen zu greifen. Doch konnte sich dieses riesige Ungetüm aus Dornen, Sträuchern und wilden Bäumen nicht von der Stelle bewegen, und die Äste konnten die Kinder nicht mehr erreichen.

Die kleine Gruppe verließ ihren Unterschlupf und lief zu einem nahe gelegenen Hügel. Als sie auf der Anhöhe angekommen waren, blickten sie in die Ferne, um zu sehen, welcher Weg vor ihnen lag. Auch im Morgengrauen war es noch ziemlich dunkel. Alles war überdeckt von einem dichten Nebelschleier, und die Landschaft lag in grauem Gewand. Von Weitem konnten sie eine kleine Stadt mit einem Kirchturm erkennen. Die Häuser sahen sehr alt aus, fast mittelalterlich. Die Stadt war auf Felsen gebaut. Links und rechts neben ihr führten steile Abgründe in ein tobendes Meer hinab. Die Kinder würden die Stadt durchqueren müssen, wenn sie weiter nach Süden, zum Hexenhaus, gehen wollten.

Aus den kleinen Fenstern der vom Nebel umhüllten Häuser schien kein Licht. Auch die Straßenlaternen waren erloschen. Die Stadt lag leblos auf den Felsen. Und doch schien sich etwas in der Stadt zu bewegen. Eine große, schwarze Gestalt schritt zwischen den engen Gassen. Sie überragte die kleinen, alten Häuschen! Demian meinte, ihr Stampfen noch auf dem Hügel zu spüren. Der Boden schien zu beben.

„Das ist der Gomorrom!", sagte Helena. „Ein schreckliches Wesen! Einst lebten viele Menschen glücklich und reich vom Handel in der Stadt. Bis eines Tages dieses Ungeheuer hierherkam und sie heimsuchte. Die Menschen sind alle verschwunden. Nur das grauenhafte Wesen und Geister gibt es noch in der Stadt ..." Helena wurde unterbrochen: In der Stadt begannen Sirenen zu heulen. Der Klang erinnerte Demian an eine alte schwarz-weiße Kriegsdokumentation, die seine Eltern einmal gesehen hatten. Er hatte sie hinterm Sofa heimlich mit angeschaut. Dort hatten solche Sirenen einen bevorstehenden Angriff feindlicher Flugzeuge angekündigt.

„Die Sirenen sind wohl defekt", meinte Helena. „Sie heulen immer wieder auf und sind noch kilometerweit zu hören. Doch niemand wagt es, der Stadt näherzukommen und sie zu reparieren!" Demian und die anderen Kinder blickten zum dunklen Wald zurück. Sie waren sich nun nicht mehr sicher, ob er das größere Übel war. Helena bemerkte die Sorge der anderen und sprach weiter: „Wir müssen über die Felsen steigen und die Stadt durchqueren, um zum Hexenhaus zu gelangen! Ich bin schon einmal hindurchgeschlichen, und der Gomorrom hat mich nicht bemerkt! Los geht's!" Helena ging voraus. Nach kurzem Zögern folgten ihr die anderen Kinder.

Als sie die in Nebel gehüllte Stadt auf den Felsen betraten, flüsterte Helena: „Wir müssen jetzt ganz leise sein, damit der Gomorrom uns nicht bemerkt! Folgt mir im Gänsemarsch und lasst euch auf keinen Fall vom Weg abbringen! Es spukt hier, und vielleicht werden wir seltsame Dinge sehen!"

Die Stadt war wie ausgestorben. Die Fenster der Häuser, die sie passierten, waren, wie nun zu erkennen war, mit Brettern zugenagelt, die grauen Fassaden heruntergekommen. Die Scheunen und Holzhütten zwischen den Häusern schienen morsch und waren mit Gras und Moos bewachsen. Alles schien seit Jahrzehnten verlassen.

Umgeben von dunklem Nebel schlichen die fünf Kinder im Gänsemarsch durch die verlassenen Gassen der Stadt. Sie liefen von Hauswand zu Hauswand, von einer schützenden Ecke zur nächsten. Bis auf die stampfenden Schritte des Gomorrom war kaum etwas zu hören. Nur das Pfeifen des Seewindes zwischen den Hausdächern und das Rauschen der Wellen, die weit unter der Stadt an der steilen Felsküste zerbrachen, waren noch zu hören. Die lärmenden Sirenen, die sie zuvor aus der Ferne gehört hatten, blieben wie lauernd verstummt.

Ab und zu schien die Erde unter ihren Füßen zu beben. Wenn der Gomorrom weiter so herumtrampelte, dachte Demian, würden die Felsen bald einstürzen und die gesamte Stadt ins Meer hinabreißen. Was beim Zustand dieses Ortes nicht allzu schlimm wäre, solange dann nur sie nicht mehr hier wären. Die grauen Mauern waren schon übersät von Rissen, manche Häuser und Hütten waren bereits eingestürzt.

Die fünf Kinder passierten einen Spielplatz. Nur der Wind bewegte die Schaukeln, was quietschende Geräusche verursachte. Einige Raben saßen auf den Gerüsten und krähten mürrisch.

Stampf, stampf, stampf. Der Gomorrom schien ganz in der Nähe zu sein! Schnell gingen die Kinder an dem Spielplatz vorüber, um wieder in die schützende Nähe einer Hausfassade zu gelangen. Helena ging voraus, dann folgten Jonathan, Liliana und Jakob. Demian ging als Letzter an dem Spielplatz vorüber.

Bevor er um die nächste Häuserecke bog, hörte er, wie die Raben hinter ihm aufschrien. Er blickte zurück. Ein Mädchen saß auf einer Schaukel und schwang durch die Luft. Vor und zurück. Demian bemerkte nicht, dass die anderen Kinder bereits weitergelaufen waren. Er blieb stehen und starrte auf das schaukelnde Mädchen. Sie hatte ihm den Rücken zugewandt, und er konnte ihr Gesicht nicht erkennen. Trotzdem schien ihm das Mädchen irgendwie bekannt. Vertraut.

Ihre langen, schwarzen Haare und ihr schneeweißes Kleid wehten im Wind. Ihre Hände, die sich an den Seilen der Schaukel festhielten, waren zart und bleich. Das Mädchen musste in Demians Alter sein. Unbeirrt davon, dass das Stampfen des Unholds näher gekommen war und er seine Freunde aus den Augen verloren hatte, blieb Demian stehen und beobachtete das Mädchen.

Die Raben zogen krähend ihre Kreise über dem Spielplatz und dem schaukelnden Mädchen. Als wollten sie den Platz wieder für sich beanspruchen. Doch das Mädchen schaukelte weiter und begann zu summen. Demian kannte das Lied! Es war ein Kinderlied, das seine Mutter ihm früher oft vorgesungen hatte. Sie hatte ihm damals erzählt, dass sie dieses Lied oft sang, als sie mit ihm und seiner Zwillingsschwester schwanger war. Bevor Demian geboren wurde und seine Zwillingsschwester bei der Geburt starb.

Demian fühlte sich plötzlich ganz stark zu dem Mädchen hingezogen. Es musste seine Schwester sein! Ihr Haar hatte dieselbe Farbe wie seines! Ihre Stimme und das Lied, das sie summte, waren ihm so vertraut! Demian rief „Hey!" in der Hoffnung, dass sie auf ihn aufmerksam würde und sich zu ihm umdrehe. Doch sie schien ihn nicht gehört zu haben und schaukelte unbeirrt weiter. Demian rief abermals „Hey, du", und als das Mädchen wieder nicht reagierte, verließ er den schützenden Schatten der Hausfassade und lief auf den Spielplatz in Richtung des schaukelnden schwarzhaarigen Mädchens.

Da sprang das Mädchen von der Schaukel und lief davon! In Richtung des gegenüberliegenden Häuserblocks. Die kreisenden Raben krächzten nochmals auf und flogen davon. Das Stampfen des Gomorrom klang so, als wäre er nur noch wenige Gassen von ihnen entfernt. Die Erde zitterte, als würden die Felsen und die Stadt jeden Augenblick hinab ins Meer stürzen.

Doch Demian lief dem Mädchen unbeirrt hinterher und rief: „Warte doch!" Ohne ihn zu beachten, verschwand sie hinter einer Hausecke. Demian folgte ihr. Da! Am Ende der nächsten Gasse konnte er das Mädchen wieder sehen und rief erneut: „Bitte! So warte doch!" Und schon war sie hinter der nächsten Häuserecke entwischt. So folgte Demian dem Mädchen weiter, tiefer und tiefer hinein in die verwinkelten Gassen der Stadt.

Die Gassen wurden weitläufiger. Er hatte das Mädchen beinahe eingeholt, als sie einen großen Marktplatz erreichten. In der Mitte schien einst eine Statue gestanden zu haben, die nun zerfallen war. Auch ein paar eingestürzte Marktstände standen noch auf dem verlassenen Platz. Das Stampfen des Gomorrom war nun ganz nah. Die Erde bebte. Demian meinte den weitreichenden Schatten des

Wesens ein paarmal über sich hinwegziehen zu sehen. Es konnte jeden Augenblick vor ihm stehen!

Am Marktplatz angekommen, lief das Mädchen in eine Seitenstraße, und Demian folgte ihr. Da! Endlich! Eine Sackgasse! Sie konnte nicht mehr davonlaufen. Die Straße endete an einer hohen Steinmauer. Das Mädchen rannte weiter und blieb erst kurz vor der Mauer stehen. Demian reduzierte sein Tempo. Er musste Atem holen. Dann ging er mit behutsamen Schritten auf das Mädchen zu. Sie hatte ihm den Rücken zugewandt. Bis jetzt hatte er nicht ihr Gesicht sehen können. Nur die langen, schwarzen Haare, die ihr bis in den Rücken fielen. Das weiße, knielange Kleid. Die bleichen Arme und Beine. Die zierlichen Hände.

Demian kam näher. Er wurde vorsichtig. Vielleicht konnte das Mädchen nichts hören. Er wollte sie nicht erschrecken. Demian war nur noch einen Schritt von dem Mädchen entfernt, als er ein dumpfes Rumoren hörte. Die Luft vibrierte, und das Mädchen begann seltsam zu zucken. Das schneeweiße Kleid färbte sich blutrot! Die Haut an ihren Armen und Beinen wurde grau. Schwarze Adern waren darunter zu erkennen. Die zarten Hände verformten sich zu wüsten Klauen mit langen, gelben Fingernägeln. Das war kein nettes Mädchen! Schon gar nicht seine Schwester! Das Ding schüttelte wild den Kopf wie eine Furie, bis das schwarze, lange Haar zerzaust in alle Himmelsrichtungen stand.

Entsetzt und wie erstarrt stand Demian vor dem Wesen, da drehte es sich langsam zu ihm um. Er hatte es bereits befürchtet: Es war nicht das bezaubernde Gesicht eines jungen Mädchens. Stattdessen blickte er in eine widerliche Fratze! Unter dem zerzausten Haar, das diesem Biest in die Stirn hing, starrten ihn ein paar schwefelgelbe, grimmige Augen mit tiefen dunklen Augenrändern an. Die Fratze war mit Dreck verschmiert und mit schwarzen Narben übersät. Sie lachte gehässig mit ihren verfaulten Zähnen und giftete Demian an: „Jetzt hab ich dich wieder!"

Es war Lucine! Die Hexe! Versteckt in einem jungen Kinderkörper! Sie riss ihr Maul auf und brüllte wie wahnsinnig. Es musste in der ganzen Stadt zu hören sein. Sogleich begannen die Sirenen wieder aufzuheulen. Das Stampfen wurde schneller und lauter. Es kam in Demians Richtung. Die Erde bebte. Der Gomorrom war auf dem Weg zu ihm! Das Geschrei der Hexe hatte ihm den Weg gewiesen! Die alten Häuser schienen unter dem Donnern gleich einzustürzen. Er musste gleich da sein!

Die Erde unter Demians Füßen bekam Risse. Wenn dieses Monster so weitertrampelte, würden sie gleich alle zusammen mit der ganzen verfluchten Stadt in den Ozean hinabstürzen! Demian wollte weglaufen. Doch griff die brüllende Hexe mit einer Klaue nach seinem Arm und hielt ihn fest. Sie giftete: „Du bleibst hier, bis ER da ist!" Demian versuchte sich loszureißen, doch er war durch ihre Klaue wie gefesselt. Er konnte nicht glauben, dass sie so eine Kraft hatte. Sie steckte in einem Kinderkörper! Doch ihre Kralle umschloss sein Handgelenk wie eine Schlinge. Ihre Beine schienen sich im Erdreich unter ihnen zu verwurzeln! Demian blickte auf den Marktplatz. Das Monstrum musste gleich da sein! Und dann gab es keinen Fluchtweg mehr. Er war in einer Sackgasse.

Tiefe, meterlange Risse zogen sich über den Marktplatz. Das Beben des Bodens wurde stärker. Unter Glockengeläute und ohrenbetäubendem Donnern stürzte der Kirchturm hinter dem Marktplatz ein und wirbelte eine riesige Staubwolke auf. Das Stampfen wurde langsamer.

Angekündigt von seinem Schatten, bog der Gomorrom um die Ecke. Entsetzt von seinem Anblick, ließ Demian den Mund offen stehen. Er hörte die Hexe nicht mehr, die immer noch wie eine Wahnsinnige brüllte, den Kopf schüttelte und sein Handgelenk fest umklammerte. Der Gomorrom war riesig. Bestimmt zehn Meter groß! Er blieb am anderen Ende der Straße auf dem Marktplatz stehen. Den Fluchtweg versperrend, schien er zu Demian und der schreienden Wahnsinnigen zu blicken.

Er hatte den Körper eines Menschen. Nur zehnmal kräftiger und größer. Seine Haut war schwarz, als wäre er soeben aus einer Pechgrube gestiegen! Wie ein Tier trug er keine Kleidung, und auch sein Kopf war alles andere als menschlich: Er hatte weder Augen noch Ohren. Wo man eine Nase erwartet hätte, waren nur zwei Löcher, aus denen dunkler Rauch quoll. Das Maul des Gomorrom war riesig, gespickt mit langen, gebogenen Reißzähnen, zwischen denen Speichel heruntertropfte. Leicht nach vorne geneigt, schien er nach Demian zu schnüffeln. Seine Fährte aufzunehmen.

Dann schien der Gomorrom ihn ausgemacht zu haben. Er riss sein Maul auf und brüllte die Straße hinunter in Demians Richtung. Es war ein riesiges Maul mit Tausenden Zähnen! Aus den Tiefen seines schwarzen Rachens spritzte geifernder Speichel. Im gleichen Augenblick verschwand die Hexe und ließ Demian allein in der Sackgasse zurück. Er war der Bestie ausgeliefert, und die setzte nun zum Sprung auf ihn an.

Demian stand mit dem Rücken zur Wand. Der Gomorrom war höchstens fünfzig Meter von ihm entfernt und würde nur wenige Schritte benötigen, um ihn zu ergreifen. Erneut brüllte er in Demians Richtung und stampfte, dass die Erde bebte. Ein langer Riss durchzog den Asphalt von der Bestie aus zwischen Demians Füßen hindurch. Auch die Wand hinter Demian war von Rissen durchzogen. Doch entgegen seiner Hoffnung wollte die steinerne Mauer hinter ihm nicht einstürzen, um ihm eine Flucht zu ermöglichen.

In die Ecke gedrängt, fühlte Demian plötzlich wieder das Brennen in seiner Brust und in seinen Eingeweiden. Wie in seinem Traum zuvor! Flammen schienen vor seinen Augen zu tanzen, sodass er die bedrohliche Bestie kaum noch sehen konnte. Auch der Schwefelgestank stieg ihm wieder in die Nase, und ihm wurde schwindlig. Demian taumelte und stützte sich gegen die steinerne Mauer, um nicht umzufallen. Er meinte den Sprechgesang, den die Indianer in seinem Traum von sich gegeben hatten, in der Ferne zu hören.

Zähnefletschend und offensichtlich in gieriger Vorfreude, ihn gleich mit den Klauen zu ergreifen, schritt der schwarze Gomorrom auf Demian zu, als plötzlich, inmitten des Sirenengeheuls und des Donnerns der einstürzenden Häuser, das angstvolle, aber energische Rufen eines Jungen zu hören war. Die Stimme brüllte: „Komm hierher! Komm doch … du Scheusal!" Demian erkannte die Stimme. Es war Jonathan! Was tat er bloß?!

Die Schmerzen, das Brennen, das Feuer, der Schwefelgestank und der Schwindel waren wie weggeblasen. Demian konnte wieder klar sehen! Am anderen Ende des Marktplatzes standen Jonathan und seine Schwester Liliana. Jonathan warf Steine nach dem Gomorrom und brüllte in dessen Richtung. Er musste lebensmüde, er musste wahnsinnig geworden sein! Er versuchte die Aufmerksamkeit der Bestie auf sich zu ziehen. Um Demian zu retten, riskierte er sein Leben! Sein Plan schien zu gelingen. Wie ein wildes Tier drehte der Gomorrom seinen Kopf hin und her. Er schien zu überlegen, ob er von seiner Beute zugunsten einer anderen ablassen sollte.

Demian begann nun auch zu brüllen und Steine nach dem Gomorrom zu werfen: „Nein! Komm hierher!" Er wollte nicht, dass Jonathan und Liliana ihr Leben für ihn riskierten. Doch das Biest entschied sich gegen ihn. Zu verlockend schien die Aussicht auf doppelte Beute. Verzweifelt schrie Demian dem Gomorrom hinterher, der sich von ihm abwandte und mit großen Schritten den Marktplatz hinab in Richtung seiner Freunde stampfte. Die rannten bereits davon. Während die letzten Häuser um sie herum einstürzten, verschwanden Jonathan und Liliana in einer Staubwolke, dicht gefolgt von der Bestie und begleitet vom Heulen der Sirenen.

Wie aus dem Nichts erschien der kleine Jakob an Demians Seite und zog an seinem Arm: „Komm! Schnell! Wir müssen hier weg! Die Stadt wird gleich ins Meer stürzen!" Demian folgte Jakob zurück auf den Marktplatz und dann in eine Seitenstraße, wo Helena auf sie wartete. Sie hatte Tränen in den Augen und stammelte: „Ich wollte alleine zurück, um dich zu suchen, und bat die anderen zu warten. Doch ich konnte Jonathan nicht aufhalten! Und Liliana ist ihm aus Verzweiflung gefolgt!" Um Fassung ringend, nahm sie Demian und den kleinen Jakob an die Hand. „Ihr müsst mir jetzt schnell folgen, sonst stürzen wir mit der Stadt und den Felsen hinab ins Meer!"

Die drei rannten, so schnell sie ihre Beine trugen, über die bebende, unter ihren Füßen zerbrechende Erde. Sie rannten, stürzten, standen wieder auf und rannten weiter, von einer Gasse zur nächsten, während sich hinter ihnen Felsabgründe auftaten, Häuser zerbrachen oder donnernd in die Tiefe stürzten. Sie hatten das Ende der Stadt fast erreicht. Sie überquerten Zäune und Felder. Noch immer heulten die Sirenen hinter ihnen.

Die drei Kinder rannten und rannten. Erst als der Boden unter ihren Füßen nicht mehr bebte, ließen sie sich erschöpft ins Gras fallen. Als sie zurückblickten, konnten sie noch einmal die Stadt auf den Felsen sehen, bevor sie langsam hinab ins tobende Meer sank und die heulenden Sirenen endlich verstummten. Die Stadt war verschwunden. Wo sie zuvor auf den Felsen gestanden hatte, machte sich nun der Ozean breit. Der Weg zurück war nun vom Wasser versperrt. Auf der anderen Seite war noch der düstere Wald zu erkennen, von wo sie gekommen waren. Demian musste an Jonathan und Liliana denken und fühlte sich schuldig an ihrem Verlust. Helena schien erneut seine Gefühle zu erahnen und sagte: „Los! Lasst uns weitergehen!"

## Die Hütte

Die drei Kinder ließen das Meer und die versunkene Stadt hinter sich. Demian bemühte sich, nicht weiter über das Schicksal von Jonathan und Liliana nachzudenken. Er hoffte, dass die beiden dem Monster entkommen waren und die Stadt auf den Felsen rechtzeitig hatten verlassen können.

Die steile Küste und das Meer im Rücken, kämpften sich die Kinder durch hohes, dürres Gras. Sie durchquerten weitläufige, verwilderte Felder. Hier und da kamen ihnen Dornenbüsche in die Quere, die trotz der Dürre noch gemeine, spitze Stacheln hatten. Die Kinder mussten aufpassen, sich nicht daran zu schneiden. Auch mussten sie hin und wieder über morsche Holzzäune und eingestürzte Grenzmauern klettern. Helena ging meist voraus, gefolgt von Demian und Jakob. Sie erklärte den beiden Jungen, dass diese großen Felder und weitläufigen Wiesen einst den Bewohnern der nun versunkenen Stadt gehörten. Dass die Stadt früher reich war und mit dem Getreide der Felder Handel trieb. Bis vor einigen Jahren das Unheil über sie hereinbrach und der Gomorrom sie heimsuchte.

Um etwas zu essen, kletterten die drei Kinder auf einen der wenigen Bäume, die noch Früchte trugen. Die Äpfel, die sie dort fanden, waren schnell verschlungen. Wo sie einen Brunnen erreichten, tranken sie, so viel sie konnten. Sie waren hungrig, durstig und müde von all den Strapazen. Als sie einen kleinen Sumpf durchquerten, fischte Helena etwas aus dem braunen Wasser zwischen dem Schilf und verstaute es in ihrer Tasche. Demian fragte Helena, was das war, doch sie wollte es ihm erst später zeigen.

So kämpften sich die Kinder weiter durch die endlos scheinenden Felder, bis sie in der Abenddämmerung wieder einen Waldrand erreichten. Demian und Jakob waren nicht begeistert davon, bei Nacht abermals einen Wald zu betreten. Doch Helena bat sie, ihr noch ein Stück hinein zu folgen, da sie einen Ort kenne, wo sie sicher übernachten könnten. Da der Wald zumindest auf den ersten Blick nicht so bedrohlich aussah – es mochte am milden Licht der Abenddämmerung liegen –, ließen sich die zwei Jungen überzeugen und folgten Helena.

Die Kinder schlichen noch eine ganze Weile durch das Dickicht. Erst als es schon fast ganz dunkel war und sie kaum noch etwas sehen konnten, erreichten sie eine kleine Lichtung. Demian blickte sich um. Er konnte nichts sehen. Sollten sie auf der Wiese übernachten? Von Weitem war Donner zu hören. Bestimmt würde bald wieder ein Gewitter aufziehen. Er roch bereits Regen. „Da!" Helena deutete mit dem Finger in eine Ecke der Waldlichtung.

Tatsächlich! Gut getarnt unter dem schwarzen Schatten der Bäume stand eine alte Holzhütte. In der Dunkelheit war sie kaum zu erkennen, schien sich wie ein dunkles, wildes Wesen unter den Bäumen zu verstecken. Schwarz, nass und morsch wirkte das Holz, aus dem sie gebaut war. Das schiefe Dach war von dunkelgrünem Moos überwachsen, und feuchtes Gras hing von ihm, teils bis auf den Boden, herab. Auch die schwarzen Holzwände waren von Moos befallen. Trotz der Dunkelheit konnte man zwei zugeklappte Fenster erkennen, und dazwischen befand sich eine große, schwarze Holztür: Beides gab der Hütte das Gesicht eines grimmigen, tief schlafenden Wesens, dem das herabhängende Gras wie Haar über die Augen fiel. Die Hütte schien alt, morsch und böse.

Helena schien sich am Aussehen der Hütte aber nicht zu stören. Sie rannte freudig voraus: „Da ist sie! Kommt schnell! Lasst uns reingehen." Demian und Jakob blieben zunächst wie angewurzelt stehen: Beide erschauderten beim Anblick der alten, morschen Hütte und trauten sich nicht, sich ihr zu nähern. Helena, die sich bereits an der Tür zu schaffen machte, wurde ungeduldig: „Nun kommt schon! Hier drin ist es sicher." Zögerlich kamen die Jungen zu ihr.

Die Tür war nicht verschlossen. Aber schwer! Sie bestand aus dicken, schwarzen Holzbalken. Zusammen mussten die drei Kinder all ihre Kraft einsetzen, um den Riegel beiseitezuschieben und die Holztür zu öffnen. Kalte, abgestandene Luft wehte ihnen entgegen. Sie traten ein.

Helena ging wieder voran und war auch gleich im Dunkeln verschwunden. Demian und Jakob folgten ihr. Doch als sie nichts mehr sehen konnten, blieben sie stehen. Sie hörten etwas rascheln! Nicht weit entfernt! Demian spürte, wie Jakob seine Hand fest umklammerte. Da bekam auch er es wieder mit der Angst zu tun. „Helena", flüsterte er. „Wo bist du?" Rettend erklang aus dem Dunklen vor ihnen Helenas Stimme: „Ich bin hier. Wartet noch kurz!" Die Jungen waren wieder etwas beruhigt und lauschten weiter.

Ein Licht erschien vor ihnen in der Dunkelheit. Strahlend kam Helena mit einer brennenden Öllampe in der Hand auf sie zu. Demian und Jakob freuten sich über das Licht. Doch noch mehr freuten sie sich darüber, dass Helena wieder bei ihnen war. Sie war für sie wie ein schützender Engel in dieser unheilen Welt. Auch war sie wunderschön. Ihre Nähe ließ ihre Herzen höherschlagen.

Die Kinder schauten sich in der Hütte um. Tatsächlich sah sie von innen nicht mehr so furchteinflößend aus. Im Gegenteil! Mit dem wärmenden Licht fühlten sich die Kinder endlich wieder etwas geborgen. Auch wenn die Einrichtung des kleinen Raumes spärlich war: Außer einem kleinen Schränkchen, in dem sie ein paar Decken und Streichhölzer fanden, etwas Holz und einem Holzofen gab es nichts. Doch mehr brauchten sie auch nicht, um hier zu übernachten. Sie wollten sich hier ausruhen, bevor sie am nächsten Tag ihre Reise fortsetzten.

Demian musste wieder husten. Abermals begann es in seinen Lungen und in seinem Hals abscheulich zu brennen. Der Geruch von verbranntem Fleisch und Schwefel stieg ihm in die Nase. Auch überwältigte ihn wieder dieser Schwindel. Helena und Jakob mussten ihn stützen, sonst wäre er zu Boden gestürzt. Doch so schnell dieser Schwindel ihn überwältigt hatte, so schnell ging es ihm auch wieder besser. Die Kinder schlossen die schwere Holztür hinter sich. Die Fenster ließen sie zugeklappt. Kein Licht sollte nach draußen dringen. Nach einiger Zeit gelang es ihnen, ein Feuer in dem Holzofen zu entzünden. Sie breiteten die Decken auf dem Boden vor dem Ofen aus und setzten sich nieder. Der Raum war erleuchtet von dem Feuer aus dem Holzofen. Es wurde warm und gemütlich.

Draußen wütete ein Gewitter. Der prasselnde Regen und das Donnern waren auch im Inneren der Hütte noch gut zu hören. „Der Zorn der Hexe tobt da draußen", meinte Helena. „Sie ist wütend, weil sie es noch nicht geschafft hat, uns einzufangen. Uns aufzuhalten. Wenn wir es bis zu ihrem Versteck, bis zu ihrer Hexenküche, schaffen, dann können wir sie bezwingen. Ihre Kraft hier draußen ist stark, doch in ihrem Versteck ist auch sie verwundbar!"

Demian konnte sich zwar nicht vorstellen, wie sie die Hexe bezwingen sollten, wollte sich aber nichts anmerken lassen und nickte. Der kleine Jakob war inzwischen auf den wärmenden Decken eingeschlafen. Helena schien Demians Bedenken zu spüren und zeigte auf Jakob: „Schau mal. Fällt dir etwas an ihm auf?" Demian blickte zu dem kleinen, schlafenden Jungen. Er schüttelte den Kopf und wollte sich wieder Helena zuwenden. Die hatte sich neben ihn gesetzt und sprach: „Warte! Beobachte ihn weiter!" Demian folgte ihrer Anweisung und blickte weiter zu dem schlafenden Jungen, der sich neben dem Ofen zusammengerollt hatte.

Da! Demian wollte seinen Augen nicht trauen. Ungläubig schüttelte er den Kopf und rieb sich die Augen, um dann erneut hinzusehen. Da! Nochmal! Immer wieder schien der schlafende Jakob für ein paar Sekunden zu verschwinden! Sich in Luft aufzulösen! Demian wollte aufspringen, doch Helena hielt ihn an seinem Arm: „Keine Sorge. Das ist nichts Schlimmes. Lass ihn schlafen." Ihre Stimme war so sanft und beruhigend. „Was hat er?", fragte Demian. „Was ist mit ihm los?" Helena saß nun ganz nah neben Demian. Er konnte spüren, wie sich ihre Körper berührten. Sie blickte ihm tief in die Augen und sprach: „Viele Kinder, die die Hexe einfängt, entwickeln besondere Fähigkeiten. Deshalb schafft die Hexe die meisten Kinder auch möglichst schnell wieder fort. Einmal wuchsen einem Kind messerscharfe Krallen! Es hat das Gesicht der Hexe zerkratzt! Darum hat sie so viele Narben! Nun, einige Kinder entwickeln ihre Fähigkeiten schneller, bei anderen dauert es länger. Und Jakob kann sich wohl unsichtbar machen."

Demian erinnerte sich wieder, wie der kleine Jakob in der nun versunkenen Stadt plötzlich neben ihm gestanden hatte. Wie aus dem Nichts war er aufgetaucht, um ihn zu retten. Er musste auch dort schon seine Gabe eingesetzt haben. „Seine Fähigkeit scheint an Kraft zu gewinnen", fuhr Helena fort. „Besonders im Schlaf entwickelt sie sich weiter." Demian dachte an seine Träume vom Feuer und von Turon, dem roten Stiermenschen, der auf dem Vulkan zu ihm sprach. Diesem glutroten Dämon, der seinen Speer auf ihn gerichtet hatte und ihn Feuer in den Himmel speien ließ. War das seine Gabe? Feuer zu spucken? Wie ein Drache?

Helena unterbrach seine Gedanken: „Ich kenne deine Gabe noch nicht. Aber ich fühle, dass sie stark ist und uns helfen wird, die Hexe zu besiegen." Demian wurde verlegen. Helena versprach sich viel von ihm. Konnte er ihre Erwartungen erfüllen? Bescheiden wollte er von sich ablenken. So fragte er sie: „Was ist deine Gabe?" Sie schmunzelte, und ohne dass sie ihre Lippen bewegte, konnte Demian ihre Stimme in seinem Kopf flüstern hören: „Du weißt es schon." Wieder senkte Demian verlegen den Blick. Im Nachhinein war ihm die Frage peinlich. Natürlich musste er es wissen. Schon einige Male hatte Helena seine Gedanken gelesen. Auch hatte sie schon zuvor, ohne ein Wort zu sagen, zu ihm gesprochen. Nun sprach Helena wieder: „Ja,

Demian. Ich kann Gedanken lesen und sie auch beeinflussen. Aber auch meine Fähigkeiten sind noch begrenzt, und es funktioniert nicht immer. Auch ich muss noch weiter lernen, um meine Kräfte, wenn nötig, richtig einzusetzen."

Demian wurde rot. Er fragte sich, wie viel Helena über seine Gefühle wusste. Ob sie wusste, dass er Hals über Kopf in sie verliebt war? Dass er, seit er in diesem Buch von ihr gelesen hatte, verzweifelt nach ihr suchte? Dass sein Herz wie wild schlug, wenn sie ihm näher kam? Dass er alles für sie tun würde? In dem Moment dachte Demian, wie dumm, kitschig und offensichtlich seine Gefühle und seine Gedanken für Helena sein mussten! Es brauchte kaum die Fähigkeit, Gedanken zu lesen, um seine Gefühle zu erahnen. Demian wurde rot und blickte beschämt auf den Boden. Es war ihm so peinlich, dass er ins Schwitzen kam. Selbst im halbdunklen Feuerschein musste man seinen roten Kopf bemerken. Dann ärgerte er sich. Er wollte sich nicht schämen! Er wollte stark sein! Besonders vor Helena!

Da spürte Demian Helenas samtweiche Hand an seiner Wange. Sie war noch näher zu ihm gerückt. Er konnte ihre Nähe, ihren Atem, ihren jungen Körper spüren. Es war nicht der Körper eines Kindes. Nein, Helena war schon eine junge Frau. Ihr braunes Haar schimmerte im goldenen Licht des Feuers. Ihr zartes Gesicht war ihm nun ganz nah. Es war wie von Engeln gemalt. Sie drückte sich an seinen Körper und blickte ihm tief in die Augen. Ihr Atem. Er konnte ihn einatmen. Aufsaugen. Er war so süß. Er berauschte ihn und zog ihn in seinen Bann. Sie küssten sich. Ein traumhaftes Kribbeln durchströmte seinen ganzen Körper. Helenas Lippen, so zart, ihr Geruch, so süß. Demian wünschte, dieser Moment würde nie enden.

## Die Verwandlung

Mit einem Räuspern machte Jakob auf sich aufmerksam und unterbrach die Zweisamkeit der beiden Verliebten. Berauscht und um Fassung ringend ließen Demian und Helena voneinander ab. Etwas beschämt darüber, in diesem Moment von Jakob überrascht zu werden, waren sie leicht errötet. Jakob wollte die peinliche Situation beenden und fragte: „Wie geht es denn jetzt weiter?"

Übermütig und noch von seinen Glücksgefühlen überwältigt meinte Demian: „Wie weit ist es noch bis zur Hexenküche?" Helena, die sich wieder gefangen hatte, überlegte. Dann sprach sie: „Es ist noch sehr weit, und der Weg ist gefährlich! Zu Fuß werden wir das kaum schaffen. Es gibt aber eine Möglichkeit, wie wir uns schneller und sicherer fortbewegen können." Sie wühlte in ihrer Tasche und holte eine kleine Holzkiste hervor. Die beiden Jungen blickten sie fragend an. Dann erinnerte sich Demian, wie Helena, als sie den kleinen Sumpf durchquert hatten, etwas aus dem braunen Wasser zwischen dem Schilf gefischt und in dieser Kiste versteckt hatte.

Helena warf Demian kurz ein verliebtes Lächeln zu. Er lächelte zurück, wurde wieder rot und blickte abermals beschämt auf den Boden. Helena sprach weiter: „Wir können uns verwandeln und Richtung Süden fliegen. Dann wären wir in zwei bis drei Tagen bei der Hexe." Demian und Jakob schüttelten die Köpfe. Wie und in was sollten sie sich denn verwandeln?

Als Helena die kleine Holzkiste öffnete, stieg den Kindern ein stechender, fauler Geruch in die Nasen. In der Schatulle befanden sich gut ein Dutzend schleimige, grüne Eier, die wie Froschlaich aneinanderklebten. Sie waren fast so groß wie Hühnereier, stanken aber abscheulich. Die Kinder mussten sich die Nasen zuhalten, um sich nicht zu übergeben. Helena deutete auf die Eier: „Wenn wir sie essen, werden wir uns verwandeln und fliegen können." Demian und Jakob ekelten sich, fanden die Idee aber gut: Sie konnten so über das ganze Unheil, das sie auf ihrem Weg noch erwartete, hinwegfliegen und schnell zur Hexenküche gelangen. Auch konnten sie so ihre Kräfte für den Kampf gegen die Hexe aufsparen.

Jeder nahm drei von diesen seltsamen grünen Eiern. Die Kinder hielten sich die Nasen zu, um die Eier runterzuwürgen, und kämpften gegen den Brechreiz an. Zu wichtig war es, dass sie diese Speise in sich behielten, um sich, wie Helena es vorhergesagt hatte, zu verwandeln.

Gemeinsam legten sie sich auf den Boden der kleinen Holzhütte, nahe am Feuer, um sich aufzuwärmen, auszuruhen und diese fürchterliche Kost zu verdauen. Demian wurde müde. Schon lange hatte er nicht geschlafen. Auch wollte er gerne etwas trinken. Sein Speichel schien zähflüssig zu werden und sein Mund auszutrocknen. Waren das die ersten Auswirkungen der Eier? Demian schlief ein.

Im Schlaf hatte er das Gefühl, jemand decke ihn zu. Wickele ihn mit einem dünnen, samtweichen Laken ein. Er fühlte sich wohl. Warm und geborgen. Eine zweite Decke folgte und bedeckte seinen Kopf und seine Füße. Es fühlte sich so gut und warm an. Im Schlaf dachte Demian, er habe noch nie so weich gelegen, und rollte sich zusammen: Arme und Beine zog er ganz eng an seinen Oberkörper heran.

Weitere Schichten von Decken schienen ihn zuzudecken. Zu umhüllen. Die Hüllen wurden dicker und schwerer. Sie wärmten ihn und drückten ihn in seine zusammengerollte Haltung. Es wurde sehr heiß und eng in den Hüllen, und Demian schwitzte, dass ihm das Wasser am Körper herunterlief. Die Flüssigkeit schien nicht abzulaufen und ihn mitsamt den Hüllen in einem Kokon einzuschließen. Dennoch war es ein traumhaft geborgenes Gefühl. Demian dachte, so mussten sich Kinder im Bauch ihrer Mutter fühlen.

Demian spürte ein heißes Stechen an seinen Schulterblättern und an seinem unteren Rücken, war aber nicht in der Lage festzustellen, was die Ursache war. Sein Körper war fest zusammengedrückt in einem Saft flüssiger Hüllen. Seine Arme und Beine waren eng an seinen Oberkörper gepresst. Aus seinen glitschigen Schulterblättern schienen Beulen zu wachsen. Dann, mit einem Knacken, schoss etwas dort heraus. Seine Wirbel, seine Knochen, sein ganzer Körper schienen sich zu verformen. Unbehaglich, aber nicht schmerzend. Diese flüssigen Hüllen, die ihn umgaben, mussten seinem Körper die Verformung, diese Verwandlung, ermöglichen. Doch schienen diese Hüllen langsam zu trocknen. Hart und spröde zu werden.

Demian erwachte im Dunklen. In einer Brühe schwimmend und umgeben von einer harten Schale. Es war zu eng, um zu schwimmen. Er musste raus aus dieser Schale, bevor er in der Brühe ertrank. Er kratzte, schlug und biss in die spröde Hülse, die ihn umgab, um sich durch ein Loch hinauszubohren. Da! Ein Schimmer drang an einer Stelle durch. Demian grub wild weiter, bis mehr Licht durch den Spalt fiel und er sich schließlich nach draußen zwängen konnte.

Zusammen mit Demian floss ein Schwall von Schleim und Flüssigkeit aus dem Loch hinaus ins Freie. Sein Körper war noch von der Flüssigkeit überzogen. Nass und klebrig. Demian blickte zurück, um zu sehen, woraus er soeben geschlüpft war. Hinter ihm lag ein großer, gelbgrüner Kokon. Ähnlich wie die, aus denen Libellen schlüpfen, nur viel größer, sodass ein Junge wie er darin Platz fand.

Demian drehte den Kopf, um zu schauen, wie er sich verändert hatte. Waren ihm tatsächlich, so wie Helena es vorhergesagt hatte, Flügel gewachsen? Er konnte seinen Kopf viel weiter drehen als zuvor, so wie manche Insekten dies konnten. So erblickte er seinen Rücken: Aus seinen Schulterblättern waren ihm große, fast durchsichtige Flügel gewachsen! Die aber durch den Schleim aus dem Kokon noch völlig verklebt waren. Auch ein langer, grünblauer Schwanz war aus seinem unteren Rücken gewachsen! Demian bemerkte, dass er wie ein Tier auf allen vieren stand und nicht mehr wie zuvor auf seinen zwei Beinen stehen konnte. Dafür fühlte er nun, wie er seine neuen Körperteile bewegen konnte.

Bis auf seinen Kopf sah Demian komplett wie eine Libelle aus. Er fürchtete, er habe diese seltsame Gestalt für immer angenommen. Helena, die auch bereits aus ihrem Kokon geschlüpft war und sich gleichermaßen verwandelt hatte, sprach zu ihm: „Keine Sorge. Wir haben nicht zu viel gegessen. Wir werden uns zurückverwandeln."

Während sie sprach, wurde auch Jakob aus einem Kokon gespült. Er hatte sich wie sie verändert. Als er sich aufgerappelt und vom groben Schleim befreit hatte, sagte Helena: „Lasst uns nach draußen gehen und unsere Flügel in der Sonne trocknen. Danach werden wir aufbrechen." Sie krabbelten auf allen vieren nach draußen. Die kleine Holzhütte erschien ihnen nun riesig. Sie mussten während der Verwandlung auf wenige Zentimeter geschrumpft sein. Sie konnten unter dem Türspalt hindurchkriechen. Hinaus ins Tageslicht.

## Fliegen

Nach einigen unbeholfenen Startmanövern hatten die drei Kinder ihre neuen Libellenflügel im Griff und konnten sicher durch die Luft gleiten. So flogen sie hoch hinauf über die Baumwipfel und blickten herab auf die Hütte. Es war ein schöner, warmer Tag. Die Morgensonne schien auf die drei in der Luft schwebenden Libellenkinder. Der Wald lag friedlich unter ihnen. Das Summen der Bienen und das liebliche Zwitschern der Vögel waren zu hören. Doch Helena warnte: „Gebt acht vor den Vögeln! Solange wir wie Libellen aussehen, stehen wir ganz oben auf ihrer Speisekarte. – Folgt mir!" Sie ließen die Hütte hinter sich und flogen über den Wald hinweg in Richtung Süden.

Demian war beeindruckt. War ihm hier zuvor schon so viel Schreckliches widerfahren, so lernte er nun die schönen Seiten von Disturbia kennen. Nachdem die drei Kinder den großen Wald überquert hatten, flogen sie über ein ländliches Gebiet, wo Bauern ihrer täglichen Arbeit auf den Feldern nachgingen und Kinder auf den Wiesen spielten. Ein junges Mädchen machte sich einen Spaß daraus, den drei Libellenkindern hinterherzulaufen, um sie einzufangen. Doch flogen die viel zu schnell, sodass das Mädchen bald erschöpft stehen blieb, um Atem zu holen. Ihr fröhliches Kichern klang noch eine ganze Weile in Demians Ohren nach. Es war so sehr von Glück erfüllt!

Den blauen Himmel und die strahlende Sonne über sich, flogen die drei Kinder weiter. Über große Berge, glänzende Flüsse und grüne Täler hinweg. Als sie müde wurden, ruhten sie sich für kurze Zeit im Schatten riesiger Pilze und Blumen aus, um anschließend gestärkt weiterzufliegen. Am Abend suchten sie Unterschlupf unter einem riesigen Baum und deckten sich mit dessen Blättern zu, um kurze Zeit später einzuschlafen.

Auch am folgenden Tag flogen die Kinder nochmals eine ganze Weile über grüne Wälder und blühende Wiesen, bis sie merkten, wie ihre Libellenkörper langsam schwerer wurden. Sie begannen wieder ihre Arme und Beine zu spüren, so wie es vor der Verwandlung der Fall war. Die Kontrolle über den Libellenkörper und die Flügel begannen sie allmählich zu verlieren. Helena deutete auf einen nicht weit entfernten Waldrand: „Dort werden wir landen. Es ist nicht mehr so weit. Den Rest gehen wir zu Fuß." Sie landeten, und bereits kurze Zeit später wuchsen die drei Kinder und nahmen wieder ihre menschliche Gestalt an. Die Libellenkörper fielen wie ausgetrocknete, schuppige Hüllen von ihnen ab. Ihre Kleidung hatte die Verwandlung glücklicherweise recht gut überstanden. Nur hier und da gab es ein paar Risse.

Nach einer kurzen Pause und der Betrachtung der leblosen Libellenhüllen machten sich die drei Kinder auf in den Wald, der nun vor ihnen lag. Im Vergleich zu den schönen, grünen Wäldern, die sie zuvor überflogen hatten, war dieser Wald wieder dunkel und schien wie von einem bösen Zauber befallen. Es war, als ob die Bäume sie heimlich beobachteten. Demian erinnerte sich an den letzten dunklen Wald, aus dem sie nur mit großer Mühe hatten entfliehen können. Doch gab es nun kein Zurück. Sie sollten ihr Ziel bald erreicht haben. Sie waren der Hexe nun ganz nah!

Ihr Weg durch den Wald führte sie einen hohen Berg hinauf, dessen Gipfel von schwarzen Wolken umhüllt war. Helena zeigte in die Richtung und sprach: „Da müssen wir hinauf! Da oben werden wir die Hexe treffen! In ihrer Hexenküche!" Während sie weiter hinaufstiegen, zog ein Sturm auf, und um sie herum wurde es dunkle Nacht.

## Die Hexenküche

Hoch oben auf dem Berg endete der Wald. Es regnete in Strömen, und schwarze, donnernde Wolken bedeckten den Himmel. Obwohl es mitten am Tag war, herrschte hier Dunkelheit. Kaum ein Licht drang durch die Wolken. Auf dem mit hohem Gras bewachsenen Gipfel stand ein großes Holzhaus, das mit seinen Erkern und Türmen an eine hässliche, düstere Burg erinnerte. Ein breiter Weg schlängelte sich hinauf. Wo er am Waldrand begann, befand sich ein großes Tor. In dessen Mitte hing ein rostiges Schild an Ketten herab. Darauf befanden sich Zeichen in einer Demian unbekannten Schrift. Neben dem Tor stand noch ein altes Schild mit der Überschrift „Tagesessen". Der Rest des Gekritzels war nicht zu entziffern.

Wie ein großes schwarzes Herz lag das Haus auf dem Gipfel und schien zu pulsieren: sich zusammenzuziehen, um sich dann im nächsten Moment wieder auszudehnen. Ein schrilles, fürchterliches Fluchen und sein Echo waren trotz des Unwetters überall zu hören und vergifteten die Atmosphäre. Der Lärm war so grauenhaft, dass man sich schon nach kurzer Zeit die Ohren zuhalten musste, um nicht taub oder wahnsinnig zu werden. Die Kinder hatten ihr Ziel erreicht: die Hexenküche! Die Quelle ihres Übels!

Die drei hatten sich hinter einem großen Baum versteckt und blickten hinauf zum Haus auf dem

Gipfel. Sie wollten noch einmal Kraft schöpfen und ihren Plan besprechen: die Hexe mit gemeinsamer Kraft in ihren Ofen zu stoßen. Demian hatte diese Idee aus einem Buch, das ihm seine Mutter, als er noch ein Kind war, vorgelesen hatte. Die Luft schien voll Hass und schneidend dünn. Es fiel den Kindern schwer zu atmen. Besonders Demian! Seit sie sich zurückverwandelt hatten und besonders seit sie in die Nähe dieses Ortes gekommen waren, brannte es wieder in ihm. Stärker als je zuvor. Er konnte sich kaum auf den Beinen halten. Er musste sich immer wieder festhalten und abstützen, um nicht hinzufallen. Den Worten, die Helenas und Jakobs Mündern entwichen, konnte er kaum noch folgen. Wie sollte er in dem Zustand hilfreich im Kampf gegen die Hexe sein?

Der Wind hatte sich zu einem tosenden Gewittersturm entwickelt. Schwarze, dichte Wolken kreisten über der Hexenküche. Grelle Blitze erleuchteten hin und wieder den ansonsten dunklen Horizont. Ihnen folgte lautes Donnern. Der Sturm fegte über die Hexenküche hinweg den Gipfel herab und blies den Kindern Regen, Laub und Zweige entgegen. Es war unmöglich, unbeschadet heraufzusteigen – es schien, als wollte der Sturm verhindern, dass sie der Hexenküche näher kamen.

Doch dann überschritt Helena den Waldrand und verließ den Bereich der schützenden Bäume, hinaus auf die Wiese, die zur Hexenküche auf dem Gipfel führte. Der Sturm wurde abermals stärker. Wütend schien er das Mädchen zurück in den Wald drängen zu wollen. Zwei Blitze schossen aus den Wolken herab und schlugen nicht weit von Helena entfernt in die Wiese ein, wo sie verkohlte Erde hinterließen. Darauf folgten wieder zwei ohrenbetäubende Donnerschläge.

Während die zwei Jungen erschrocken hinter den Bäumen zusammenzuckten, schien sich Helena von dem Unwetter nicht beeindrucken zu lassen. Dem Sturm und dem Regen trotzend, stand sie am Rand des Waldes auf der Wiese. Sie hatte den Kopf gesenkt und die Augen geschlossen. Sie war ganz in sich gekehrt. Doch ihre Lippen bewegten sich. Sie schien etwas vor sich hin zu murmeln. Dann erhob sie langsam den Kopf und die Arme. Sie sprach lauter und lauter. Bald brüllte sie so laut, dass ihre Stimme trotz des tosenden Sturmes noch zu hören war. In einer den Jungen unbekannten Sprache schrie sie hinauf in den Himmel. Ihre Arme streckte sie in Richtung der dichten Wolkendecke.

Für einen Moment durchstieß das Sonnenlicht die dunklen Wolken über Helena, und das Mädchen wurde von den goldenen Strahlen erleuchtet. Durch zusammengekniffene Augen konnte Demian erkennen, wie die Sonnenstrahlen auf Helena trafen und von dem Mädchen zum Hexenhaus gelenkt wurden. Helena schien das Licht, das auf sie traf, wie ein Spiegel umzulenken in Richtung des schwarzen, pulsierenden Hexenhauses, sodass dieses von den leuchtenden Strahlen getroffen wurde.

Die Wolkendecke schloss sich wieder. Doch der Akt zeigte seine Wirkung: Während Helena erschöpft auf die Knie sank, wurde das Pulsieren des Hauses schwächer, und Sturm und Regen ließen nach. Dunkle Schatten flüchteten aus dem Haus in die Ferne. Der ein oder andere fauchte noch verärgert in Richtung des erschöpften Mädchens. Die beiden Jungen verließen ihr Versteck, rannten zu Helena auf die Wiese und umarmten sie.

Während er gemeinsam mit Jakob der geschwächten Helena auf die Beine half, hatte Demian aber auch mit sich selbst zu kämpfen. Das Brennen in seinen Eingeweiden hatte nicht nachgelassen. Im Gegenteil. Mit jedem Schritt, den er auf das Hexenhaus zuging, wurde es schlimmer! Ständig meinte er Schwefel zu riechen. Von diesem Geruch und der dünnen Luft hier oben wurde ihm so schwindlig, dass er kaum noch die Augen offen halten konnte. Er befürchtete, jeden Moment ohnmächtig zusammenzubrechen.

Zielstrebig raffte sich Helena an den Schultern der beiden Jungen auf und sprach: „Schnell! Lasst uns ins Haus gehen! Bevor der Sturm wieder stärker wird und die düsteren Schatten zurückkehren." Die drei Kinder liefen rasch auf den Gipfel zur Hexenküche, an deren Eingang sie eine große, schwere, mit rostigem Eisen beschlagene Holztür erwartete. Als sie versuchten, die Tür zu öffnen, schien die sich zu wehren. Nur mit gemeinsamer Kraft, unter lautem Ächzen und Quietschen, konnten sie sie öffnen. Und als sie endlich im Haus waren, schlug die Tür hinter ihnen wütend und mit einem lauten Knall zu.

Ein langer, dunkler Flur lag vor den drei Kindern. Hier war das Pulsieren des Hauses wieder stärker zu spüren: Die Wände bewegten sich! Einmal kamen sie aufeinander zu, sodass es den Kindern im Flur unangenehm eng wurde. Dann bewegten sie sich wieder voneinander weg, und der Flur wurde wieder länger und breiter. Im gleichen Rhythmus, in dem sich der Raum veränderte, war dieses dumpfe Pochen zu hören. Es klang wie der Herzschlag eines großen Wesens und war allgegenwärtig. Was war das für ein seltsames Haus? War es denn tatsächlich lebendig?

Am anderen Ende des Ganges stand eine große Tür weit offen. Flackerndes Licht schien von dort in den dunklen, pulsierenden Flur. Geschirrgeklirr und ächzende Geräusche waren zu hören. Ein fürchterliches Fluchen und Schimpfen drang bis zu den Kindern in den dunklen Flur: Das war Lucine! Die Hexe! Ihre Stimme war grässlich, und sie schien wütend. Dann war der Schrei eines Mädchens zu hören.

Die Stimme kam den drei Kindern bekannt vor! Sie konnten es zunächst nicht glauben: Das waren Lilianas Schreie! Und dann konnten sie auch Jonathan um Hilfe rufen hören! Das schwarze

Ungeheuer, der Gomorrom, musste die beiden eingefangen und mit ihnen die Stadt verlassen haben, bevor die ins Meer stürzte. Anschließend hatte er ihre Freunde wohl an die schreckliche Hexe ausgeliefert. Bestürzt rannten die drei Kinder in Richtung der Tür, von woher die Schreie kamen. Sie mussten ihre Freunde retten, bevor ihnen die Hexe etwas Schlimmes antat.

In dem Moment gewann das Hexenhaus aber wieder an Kraft: Der morsche Holzboden unter den Füßen der drei Kinder begann zu beben, sodass sie sich kaum noch auf den Beinen halten konnten. Der Flur, der zum Kücheneingang führte, wurde immer steiler, und alte Möbelstücke stürzten ihnen entgegen, um sie in die Tiefe zu reißen. Das Haus wollte sie abschütteln und von der Hexe und ihren Freunden fernhalten. „Haltet euch an den Wänden fest!", rief Helena. Sie kletterten weiter in Richtung der Tür, von wo die Hilferufe kamen. Doch als sie die fast erreicht hatten, knallte die Tür vor ihnen mit einem lauten Knall zu. Die drei rüttelten und polterten mit ihren Fäusten dagegen. Doch ließ sich die Tür nicht mehr öffnen. Sie schien wie versteinert. Versiegelt. „Jonathan! Liliana!", riefen sie. „Haltet durch! Wir werden euch befreien!"

Das Haus wurde noch wilder und stärker, Wände, Decke und Boden vibrierten. Der Flur, in dem sie sich noch immer befanden, verformte sich immer heftiger. Die versiegelte Tür vor ihnen wich einem langen, schmalen Treppenaufgang. Schwarze und rote Stufen führten hinauf ins Dunkle. Die drei stürzten die schiefen und unterschiedlich hohen Treppenstufen hinauf. Zumindest die Richtung, in die sie liefen, musste stimmen, dachte Demian, war hier doch noch vor wenigen Augenblicken der Eingang zur Küche gewesen.

Doch als sie außer Atem das Ende des schmalen Treppenaufgangs erreicht hatten, lag ein weiterer langer, schmaler und dunkler Gang vor ihnen. In großer Sorge um ihre Freunde rannten die drei, so schnell sie konnten, ans Ende des Korridors. Wieder dachte Demian, gleich müssten sie die Küche erreicht haben. Doch als sie das Ende des Flurs erreicht hatten, mussten sie feststellen: Es befand sich auch dort kein Eingang zur Küche! Stattdessen gabelte sich dort der Weg.

Abermals führten schwarz-rote Stufen in unterschiedliche Richtungen: die einen weiter hinauf, die anderen hinab in die Tiefe. Die drei Kinder blieben stehen: Wohin sollten sie gehen? Welches war der richtige Weg? Spielte es überhaupt eine Rolle, wohin sie liefen? Führte irgendein Weg an ihr Ziel, oder waren sie Gefangene in einem Labyrinth, aus dem es keinen Ausweg gab? „So ein Mist!", schimpfte Helena. „Das Haus will uns nicht zur Hexe durchlassen! Wir müssen schnell den Ausgang aus diesem Irrweg finden, sonst kommen wir zu spät, um Liliana und Jonathan zu retten!"

Sie presste die Augen zusammen und begann wieder in dieser seltsamen Sprache vor sich hin zu flüstern. Die Jungen konnten sie nicht verstehen, vermuteten aber, sie würde gleich ihre Kräfte einsetzen, um sie aus dem Labyrinth zu befreien. Sie wollten warten, doch war im selben Moment ein Zischen am anderen Ende des Ganges zu hören. Die dunklen Schatten mussten zurückgekehrt sein. Es klang wie das Lechzen einer hungrigen Bestie. Helena schrak auf. Die drei blickten gebannt in die Richtung, aus der das Geräusch kam. Das andere Ende des Ganges war kaum zu erkennen. Es war zu dunkel. Sie hielten den Atem an, um weiter zu lauschen. Ein Kratzen war zu hören. Messerscharfe Krallen schienen nicht weit von ihnen entfernt an den Holzwänden zu kratzen. Dann wieder ein Zischen oder Lechzen. Stocksteif, wie erstarrt, blickten die drei ans andere Ende des dunklen Ganges, von wo die Geräusche kamen. Sie kniffen die Augen zusammen in der Hoffnung, mehr zu erkennen.

Etwas schien sich anzuschleichen. Wie ein Raubtier, das sich so nah wie möglich an seine Beute heranpirscht, bevor es zuschnappt. Sie wollten davonlaufen, doch waren sie immer noch erstarrt vor Angst. Dann konnten sie etwas erkennen: Eine große, grüne Klaue ragte um die Ecke des in Dunkelheit gehüllten Türbogens. Die spitzen Krallen ergriffen den morschen Türrahmen und fraßen sich tief in das Holz, das man knacken und zerbrechen hörte. Wieder ertönte ein Zischen. Gleich würde die Bestie um die Ecke kommen und sie erblicken.

Helena besann sich, packte Demian und Jakob an den Armen und schrie: „Lauft! Lauft! So schnell ihr könnt!"

Die drei Kinder stürzten die Stufen, die vor ihnen lagen, hinauf. Sie rannten, so schnell sie konnten, Gang für Gang, Treppe für Treppe, mit dem Lechzen der Bestie im Nacken. Längst hatten sie die Orientierung verloren und wussten nicht mehr, wo sie waren. Doch war das im Moment unwichtig: Sie mussten diesem schrecklichen Wesen entkommen!

Getrieben von seiner Furcht, lief nun der kleine Jakob voraus, dicht gefolgt von seinen beiden Gefährten. Demian ging es schlechter denn je. Die Gänge, durch die sie rannten, sah er in Flammen stehen, und seine Lungen brannten so heftig, dass ihm schwindelig wurde. Immer wieder stürzte er zu Boden. Doch die Furcht vor der Bestie half ihm, sich wieder aufzuraffen und seinen Gefährten weiter durch das Labyrinth zu folgen.

Jakob, der ihnen vorausrannte, wurde in der Mitte eines weiteren langen Ganges plötzlich langsamer: Ihm kam jemand entgegen! Als er stehen blieb, blieb auch sein Gegenüber stehen. Der dunkle Schatten stand nicht weit von ihm entfernt und schien ihn anzustarren. Waren sie dem schrecklichen Wesen geradewegs in die Arme gelaufen?, fragte sich Demian. Doch als Helena und er Jakob eingeholt hatten, mussten sie gemeinsam feststellen, dass ihnen das Haus wieder einen Streich gespielt hatte. Ein großer Spiegel stand am anderen Ende des

Korridors, und was sie in der Dunkelheit sahen, war nicht das schreckliche Wesen, sondern ihr Spiegelbild.

Die drei Kinder rannten an dem Spiegel vorbei und erreichten einen breiteren Flur, an dessen Ende sich eine rote und eine schwarze Tür befanden. Vom Lechzen der Bestie getrieben, stürzte Jakob voraus in den Raum hinter der roten Tür. Helena und Demian wollten ihm folgen, doch sprang Jakob sogleich wieder heraus, knallte die Tür hinter sich zu und lehnte sich dagegen. Sein Gesicht war kreidebleich, und er stammelte: „G-g-g-e-h-t d-a-a nicht rein! Ihr wollt nicht sehen, was da drin ist!" Das Entsetzen ließ sein Gesicht nicht los. Wieder ließen sie das Lechzen und das Kratzen der Klauen aufhorchen. Das schreckliche Wesen würde sie jeden Augenblick erreichen. Sie mussten hier weg! Helena entdeckte eine Inschrift über der zweiten Tür, die der auf dem Tor vor dem Haus glich. Hieß das, dass sie es geschafft hatten? War dies der Eingang zur Hexenküche? Vielleicht war es noch nicht zu spät, um ihre Freunde zu retten. Vorsichtig traten sie ein und verriegelten hinter sich die Tür.

Es handelte sich tatsächlich um die Hexenküche. Alles in ihr war für größere Wesen gemacht: der Tisch, die Stühle, die Anrichte und auch das Geschirr, das sich auf dem Spültisch stapelte, alles war riesig. Die Köpfe der Kinder reichten höchstens bis zu den Sitzflächen der alten Holzstühle, die um einen großen, noch älteren Holztisch herumstanden.

Sie blickten zurück zur Tür, durch die sie soeben gekommen waren: Im Vergleich zum Rest der Küche schien sie winzig. Und beim Anblick der großen Küche fühlten sich auch die drei Kinder sehr klein. Sie nutzten aber die Gelegenheit, sich unter dem großen Holztisch zu verstecken, um sich von dort aus einen Überblick zu verschaffen.

Am anderen Ende der Küche war ein riesiger Ofen in die steinerne Wand gemauert. Ein mächtiges Feuer glühte darin. Es erhitzte das ganze Gewölbe. Die drei Kinder in ihrem Versteck kamen mächtig ins Schwitzen. Demian kniff die Augen zusammen und blickte in den großen Ofenschlund: Tanzende Flammen und glühende Kohle waren zu erkennen. Selbst die Wände im Inneren des Ofens schienen zu glühen. Demian dachte, dass das Feuer bestimmt mehrere Tausend Grad heiß sein müsse. Die große Öffnung hatte die Form eines Bogens. „Das Tor zur Hölle!", flüsterte Helena. „Wir müssen die Hexe ins Feuer stoßen!" Den Blick in die Flammen gerichtet, nickten die beiden Jungen.

Die Kinder sahen sich weiter um. Neben dem Feuer im Ofen sorgten noch einzelne Fackeln an den Wänden für etwas Licht in dem ansonsten so dunklen Küchengewölbe. Tatsächlich waren die drei, wie sie feststellten, nicht allein. Zwar fehlte von der Hexe jede Spur, doch waren in einer dunklen Ecke des Gewölbes rund ein Dutzend Kinder in einen eisernen Käfig gesperrt. Sie schienen wie ohnmächtig von der Hitze des Feuers und der Enge des Käfigs. Wie Tiere waren sie eng zusammengepfercht und streckten ihre Hände und Köpfe zwischen den Gitterstäben hindurch, um etwas Luft zu bekommen. Sie hatten die drei Eindringlinge unter dem großen Tisch noch nicht bemerkt. Demian erinnerte sich an einige der Kinder. Sie waren zuvor durch den Weltenverbinder geflohen und durch das weiße Licht gesprungen. Sie wollten zurück zu ihren Familien. Die Hexe musste sie wieder eingefangen haben.

Das leise Weinen eines Mädchens war zu hören, gefolgt von der tröstenden Stimme eines Jungen. Es waren die Stimmen von Liliana und Jonathan. Sie kamen von der Anrichte! Die drei Kinder streckten ihre Köpfe unter dem Tisch hervor, um nach ihren Freunden zu sehen: Liliana und Jonathan lagen gefesselt auf der hölzernen Anrichte! Übergossen mit Speiseöl und bedeckt mit Gewürzen. Neben ihnen lagen ein Berg geschnittenes Gemüse und ein großes Besteck. Jemand hatte Liliana einen großen runden Apfel in den Mund gesteckt, sodass sie nicht sprechen konnte. Trotzdem konnte man sie noch weinen hören. Jonathan hatte die Augen geschlossen und versuchte sie mit tröstenden Worten zu beruhigen. Die drei Kinder wollten aufspringen, um ihren Freunden zu helfen und sie zu befreien. Doch im selben Moment hörten sie jemand kommen. Schnell verkrochen sie sich wieder unter dem großen Tisch.

Ein ständiges Würgen und Ausspucken war zuerst zu hören. Dann ihre Selbstgespräche. Ihre hässlich rauchige, giftende Stimme! Dann stampfte die Hexe herein. Durch eine große Tür am anderen Ende des Küchengewölbes. Ihr Kopf ragte fast bis an die Decke. Sie hatte einen Buckel und einen hässlichen, runden Bauch. Mit ihren krummen Füßen watschelte sie durch den Raum. Ihre langen, knochigen Arme schienen fast alles in der Küche im Nu ergreifen zu können. Sie trug ein paar Kleiderfetzen, die ihre graue, dreckige Haut kaum bedeckten. Unter ihren langen, zerzausten, schwarzen Haaren blitzten hin und wieder ihre giftigen, gelben Augen, ihre verfaulten Zähne und ihr vernarbtes Gesicht hervor.

Als sie endlich einen großen Kochlöffel gefunden hatte, trat die Hexe vor die Anrichte und blickte auf Liliana und Jonathan herab. Sie würgte und spuckte abermals. Es war schwarzes Pech, das sich in den steinernen Boden neben ihr fraß. Ein bösartiges Grinsen war zu erkennen, und ihre verfaulten Zähne blitzten unter ihren zerzausten Haaren hervor. Dann war ihre gehässige Stimme zu hören: „Es fehlt noch etwas Pfeffer!"

Da reichte es den drei Freunden, die bis jetzt unter dem großen Holztisch ausgeharrt hatten. Die Hexe stand nah genug am Feuer. Jetzt oder nie! Auch wenn sie vor Angst erschauderten. Mit Gebrüll verließen sie ihr Versteck und rannten auf die Hexe zu. Die war so überrascht, dass sie gar nicht mehr reagieren konnte. So stießen die drei Kinder die Hexe mit gemeinsamer Kraft in Richtung des großen Ofenschlundes. Die Hexe taumelte, verlor das Gleichgewicht und stürzte in die Flammen. Die Kinder, die noch im Käfig eingesperrt waren, waren ebenfalls aufgeschreckt und jubelten und rüttelten wie wild an den Gitterstäben. Auch Liliana und Jonathan auf der Anrichte gaben freudige Laute von sich. Die drei Helden umarmten sich.

Doch was war das? Etwas bewegte sich in dem Ofen! Brüllend stieg die Hexe aus dem Feuer und schüttelte die Flammen von sich: „Wie könnt ihr es wagen?" Sie spuckte wieder schwarzes Pech auf den Boden, richtete sich auf und brüllte: „Ich werde euch alle zermalmen!" Dann schwang die Hexe ihre Arme durch die Luft, sodass die Fackeln an den Wänden erloschen und es noch dunkler in dem Gewölbe wurde. Sie schien ihre bösen Kräfte einsetzen zu wollen.

Tatsächlich schossen sogleich eiserne Ketten aus den Mauern und schnappten nach den drei Kindern. Demian konnte ihnen gerade noch entweichen. Doch Helena und Jakob erwischten sie an Armen und Beinen. Die Ketten zogen an ihnen, sodass die zwei Kinder hilflos in der Mitte des Raumes in der Luft hingen.

Nun blieb nur noch Demian übrig! Während Helena und Jakob von den Ketten hin und her gerissen wurden, rüttelten die gefangenen Kinder weiter an den Gittern und schrien Demian zu, um ihm Mut zu machen. Und Demian brannte vor Wut! Er raffte sich auf und rannte auf die Hexe zu. Er wollte sie noch einmal ins Feuer stoßen. Doch dieses Mal war die Hexe vorbereitet. Sie holte aus und schmetterte Demian mit ihrer Riesenklaue zurück gegen die harte, steinerne Wand. Sein Kopf prallte gegen die Mauer, und er blieb benommen liegen.

Die Kinder im Käfig schrien noch lauter: „Steh auf, Demian! Steh auf!" Auch Helena und Jakob schlossen sich an: „Steh auf, Demian! Kämpfe weiter!" Doch konnte er ihre Rufe kaum noch hören. Er war zu benommen von dem harten Aufprall und blieb liegen, während die Hexe gehässig grinsend und in großen Schritten auf ihn zustampfte. Gleich würde sie ihn mit ihren riesigen Klauen ergreifen! Die Situation schien aussichtslos.

Als die Hexe zupacken wollte, war ein lautes Poltern zu hören. Sie blieb erschrocken stehen. Die Erde bebte, und während Demian wieder ein schreckliches Brennen in seinem Innern spürte und ihm dunkler Rauch aus den Nasenlöchern stieg, riss die steinerne Mauer neben ihm auf. Das Gewölbe wurde erschüttert, und hier und da stürzte Geröll herab. Das große Loch, das sich neben Demian auftat, schien bis tief hinab in einen Vulkanschlund zu reichen. Glühendes Magma leuchtete von dort herauf. Ein Galoppieren war zu hören! Dann! Wie ein Blitz schoss ein roter Stiermensch aus der Tiefe und stieß die Hexe mit seinem langen Speer zurück in Richtung des großen Ofens. Es war Turon! Der

Entsandte des Feuers, der Demian zuvor im Traum begegnet war. Er schien Demian im Kampf gegen die Hexe helfen zu wollen. Doch als Turon die Hexe schon fast in den Ofen gedrängt hatte, schaffte die es, sich zu wehren, und streckte ihren Angreifer mit einem kräftigen Schlag nieder. Turon blieb regungslos liegen.

Die Hexe wandte sich wieder Demian zu, um auch ihn zu ergreifen. Doch während sie auf ihn zustampfte, wurde das Feuer in ihm stärker und stärker. Es gab Demian Kräfte, die er nie zuvor gespürt hatte. Die Schmerzen, die er soeben noch aufgrund des Aufpralls verspürt hatte, waren wie weggeblasen. Flammen schienen seinen ganzen Körper zu durchströmen. Sie flossen durch seine Adern, die unter seiner Haut hervorglühten.

Demian stand auf! Die Kinder im Käfig jubelten und rüttelten weiter. Dann erhob Demian den Kopf und blickte zur Hexe, die überrascht und wie angewurzelt stehen blieb. Seine Augen glühten wie Feuer. Zum ersten Mal war in der Fratze der Hexe für einen Moment Furcht zu erkennen. Es war zu spät. Sie konnte sich nicht mehr retten. Feuer schoss aus Demians Mund und aus seinen Augen und traf die Hexe. Sie stand in Flammen und brüllte vor Schmerzen. Die Kinder im Käfig tobten, während Demian mit langsamen Schritten auf die Hexe zuging und sie zurück in Richtung des großen Ofens drängte. Die Erde bebte wie vor einem Vulkanausbruch. Vom Feuer Demians zurückgetrieben, taumelte die Hexe noch kurz vor dem Ofenschlund. Dann stürzte sie hinein, und das Ofengemäuer fiel über ihr zusammen.

Die Hexe war besiegt, unter den Mauern ihres eigenen Ofens begraben.

## Abschied

Ruhe kehrte ein. Das Beben ließ nach, und das Haus wurde ruhig. Das dumpfe, herzschlagartige Pulsieren, das zuvor im gesamten Gebäude zu spüren war, verstummte. Die eisernen Ketten ließen von Helena und Jakob ab. Das Feuer, das soeben noch aus Demian herausgeschossen war und die Hexe in den Ofen gedrängt hatte, war erloschen. Demian selbst brach erschöpft auf dem Boden zusammen. Der Kampf hatte ihn seine ganze Kraft gekostet. Die Kinder im Käfig jubelten. Sie freuten sich so sehr, dass Demian die Hexe besiegt hatte und sie endlich befreit wurden.

Helena und Jakob rannten zu Demian, umarmten ihn und halfen ihm wieder aufzustehen: „Du hast es geschafft, Demian! Du hast es geschafft!", hörte er ihre glücklichen Stimmen, während er in ihren Armen langsam wieder zu Kräften kam. Gemeinsam befreiten sie Liliana, Jonathan und die Kinder im Käfig. Es gab noch mehr Umarmungen, Bewunderung und Zuspruch, sodass es Demian fast schon wieder unangenehm wurde.

Auch Turon hatte den heftigen Hieb der Hexenklaue überstanden. Ohne Worte, aber voller Achtung und Dankbarkeit neigte er sein Haupt vor Demian. Dann trappte er wieder hinab in den Schlund, aus dem er zuvor emporgeschossen kam. Demian hatte noch so viele Fragen an dieses Wesen: Er wollte Turon hinterherrufen, doch der war bereits in der Tiefe verschwunden und das Höllentor wieder versperrt. Demian wandte sich zu seinen Freunden, die wild durcheinanderredeten. Vergebens suchte er Helena unter den Anwesenden. Jakob deutete auf eine offen stehende Tür am Ende des Gewölbes: „Sie ist mit ein paar anderen nach draußen gelaufen." Demian lief hinaus ins Freie, um nach Helena zu suchen.

Sturm und Wolken waren verzogen. Ein herrlicher Sonnenuntergang war nun von hier aus zu beobachten. Helena stand etwas abseits von den anderen Kindern auf einem Hügel und blickte in die Ferne. Hinter sich im Haus hörte Demian die Kinder erneut aufjubeln: Anscheinend hatten sie noch so einen Weltenverbinder entdeckt, mit dem sie nach Hause gelangen konnten. Doch das interessierte Demian im Moment nicht. Er eilte den Hügel hinauf zu Helena. Sie weinte. Mit trauriger Stimme sprach sie zu ihm: „Du musst zurückkehren. Zu deinen Eltern. Und wenn du weg bist, muss ich auch diesen Weltenverbinder zerstören! Es gibt noch andere böse Wesen, die nur zu gern so eine Maschine in die Finger bekämen." Auch Demian wurde traurig. Wenn Helena den Weltenverbinder zerstörte, dann würde er sie nicht wiedersehen. Verzweifelt sprach er zu ihr: „Komm doch mit mir!" Helena schüttelte den Kopf: „Auch ich muss zurück zu meinen Eltern. Sie machen sich bestimmt große Sorgen." Sie versuchte die Stimmung aufzuhellen, indem sie hinzufügte: „Doch vielleicht werden wir uns trotzdem irgendwann wiedersehen." Sie umarmten sich fest und beobachteten schweigend den Sonnenuntergang.

Dann hörte Demian die anderen rufen: „Komm schnell, Demian! Das Tor schließt sich bald!" Demian und Helena umarmten sich noch einmal. Dann ließen sie voneinander ab, und er rannte den Hügel hinab zu den anderen Kindern. Noch einmal blickte er zurück zu Helena, die noch auf der Anhöhe stand und ihm zuwinkte. Tränen schossen ihm aus den Augen. Sein Herz schmerzte so sehr. Dann folgte er den anderen Kindern ins Haus und sprang durch das leuchtende Tor, das der Weltenverbinder für sie geöffnet hatte.

## Zu Hause

Demian erwachte in seinem Bett. Er trug noch die Kleidung vom Vorabend. Das Buch, das er in der letzten Nacht gelesen hatte, lag noch aufgeschlagen neben ihm. Er musste beim Lesen eingeschlafen sein. Dann erinnerte sich Demian wieder an Helena, Jonathan, Liliana und Jakob. Und an Turon, den roten Stiermenschen, an den Gomorrom und an Lucine, die schreckliche Hexe, gegen die er hatte kämpfen müssen. War das alles tatsächlich passiert? Demian schüttelte den Kopf. Nein! Es musste ein Traum gewesen sein.

Es roch nach frisch gebratenen Eiern, Speck und Toast. Demian konnte seine Eltern in der Küche hören. Er sprang aus seinem Bett, die Treppen hinab in die Küche und gesellte sich zu seinen Eltern an den Tisch, um gemeinsam mit ihnen zu frühstücken. Besonders der Speck war köstlich! Demian hatte das Gefühl, als hätte er schon lange nicht mehr so ein leckeres Essen gegessen. Er verschlang eine riesige Menge. Neben Speck, Toast und Eiern fanden auch noch eine Schale Müsli und ein großes Glas Orangensaft Platz in seinem Bauch.

Demians Eltern schienen von seinem großen Hunger kaum etwas zu bemerken. Sie hatten die meiste Zeit ihre Köpfe in ihren Zeitungen vertieft und wirkten abwesend. Teilnahmslos und weit weg waren sie mit ihren Gedanken. Ihre Tätigkeiten schienen sie wie leblose Maschinen auszuführen.

Kaum ein Wort brachten sie über ihre geschlossenen Lippen. Doch während das Demian sonst so oft wütend gemacht hatte, empfand er jetzt Mitleid mit seinen Eltern. Die Trauer über den Verlust ihrer Tochter hatten sie bis heute nicht überwunden. Es war gut, dass er für sie da war. Demian umarmte seine Eltern. Sie küssten ihn, und es schien für einen Moment strahlendes Glück über ihre Gesichter. Demian nahm sich vor, das nun öfter zu tun. Auf seine Eltern zuzugehen. Den ersten Schritt zu machen. Ihnen zu helfen, damit sie wieder ihr Glück fanden.

Nach dem Frühstück ging Demian ins Badezimmer, um sich frisch zu machen. Nachdem er die Zähne geputzt und die Haare gekämmt hatte, hielt er sein Gesicht unter den Hahn des Waschbeckens. Er wollte sich die restliche Müdigkeit aus den Augen waschen. Doch plötzlich hörte Demian ein Donnern, das ihm bekannt vorkam, und obwohl es soeben noch taghell gewesen war, schienen draußen Wolken aufzuziehen. Es wurde dunkel im Badezimmer, und Demian meinte ein festes Klopfen und Stampfen zu hören. Das Geräusch schien aus dem Spiegel vor ihm, über dem Waschbecken, zu kommen! Demian erhob den Kopf, um nachzusehen: Da! Für einen Moment konnte er Helena vor sich im Spiegel sehen! Doch ihre Augen waren wieder angsterfüllt, und sie stieß mit ihren Fäusten wie wild gegen die Innenseite des Spiegels. Sie versuchte durch den Spiegel zu Demian durchzubrechen! Sie rief ihm etwas zu, doch wurden ihre Worte vom Spiegel verschluckt. Demian hörte für einen Moment Helenas Stimme in seinem Kopf: „Deine Schwester!" Dann wurde Helena ins Dunkle zurückgerissen und war verschwunden. Der Spiegel vor Demian erblasste und nahm wieder seine gewöhnliche Gestalt an. Es wurde wieder hell im Badezimmer. Demian sah wieder sich selbst im Spiegel. Seine Augen glühten! Doch dann war auch das Feuer in seinen Augen erloschen, und alles war wie gewohnt.

Was war das? Aufgebracht lief Demian im Badezimmer auf und ab. Das konnte kein Traum gewesen sein! Waren seine Erlebnisse von letzter Nacht etwa auch kein Traum? Gab es Helena, Jonathan, Liliana, Jakob, Turon, den Gomorrom und die abscheuliche Hexe tatsächlich? War das alles doch passiert? War Helena etwa wieder in Gefahr? Und was hatte sie ihm über seine Schwester sagen wollen? Lebte sie noch? Demian stürzte die Treppen hinauf in sein Zimmer. Er musste seine Freunde finden. Er musste einen Weg zurück nach Disturbia finden. Er musste Helena, seine große Liebe, noch einmal retten und die Wahrheit über seine Schwester herausfinden.